中共张掖市委党史研究室
张掖红西路军精神研究会 编

张掖红故事

（第二辑）

敦煌文艺出版社

图书在版编目（CIP）数据

张掖红故事.第二辑/中共张掖市委党史研究室，张掖红西路军精神研究会编.——兰州：敦煌文艺出版社，2022.5
　ISBN 978-7-5468-2186-3

Ⅰ.①张… Ⅱ.①中…②张… Ⅲ.①革命故事—作品集—中国—当代 Ⅳ.①I247.81

中国版本图书馆 CIP 数据核字 (2022) 第 072725 号

**张掖红故事.第二辑**
中共张掖市委党史研究室　张掖红西路军精神研究会　编

责任编辑：杜鹏鹏

敦煌文艺出版社出版、发行
地址：（730030）兰州市城关区曹家巷 1 号新闻出版大厦
邮箱：dunhuangwenyi1958@163.com
0931-2131397（编辑部）
0931-2131387（发行部）

三河市金兆印刷装订有限公司印刷
开本 787 毫米 ×1092 毫米　1/16　印张 11.25　字数 180 千
2023 年 1 月第 1 版　2023 年 1 月第 1 次印刷

ISBN 978-7-5468-2186-3
定价：48.00 元

如发现印装质量问题，影响阅读，请与出版社联系调换。

本书所有内容经作者同意授权，并许可使用。
未经同意，不得以任何形式复制转载。

# 《张掖红故事》(第二辑)
## 编审人员

编　　审：王海明

主　　编：韩世峰

副 主 编：郭长锋　安秀梅　付自文

责任编辑：魏　薇

编　　辑：陈金荣　李生广　岳　海

　　　　　李晓雯　孙晓华

# 前　言

红色文化是中国共产党及其领导的革命、建设和改革成功经验的历史积淀，具有鲜明的时代主题和不可替代的时代价值，蕴含着丰富的社会主义文化基因。在中国特色社会主义进入新时代的背景下，深化红色文化记忆，对抵御历史虚无主义、坚定文化自信、彰显中国特色、增强价值认同有极其重要的现实意义。

张掖有着独特的红色文化积淀。1936年10月25日，红四方面军总部及五军、九军、三十军21800多名将士奉中共中央和中革军委命令，从甘肃靖远虎豹口西渡黄河，突破敌人防线进入河西走廊，并根据中央指示组成西路军，肩负建立河西根据地、打通国际通道、配合河东红军战略行动的重任，于1936年11月21日进入张掖境内。此后，西路军在山丹、高台、临泽、甘州、肃南等地与数倍于己的国民党马步芳部浴血奋战。由于无根据地作依托，又无兵员、物资的补充，孤军作战，虽然毙伤俘敌2.5万人，但在敌众我寡的极端不利的情况下最终失败。作为红西路军征战时间最长、牺牲人数最多、战史最为悲壮的地区，红西路军精神成为张掖宝贵而独具特色的红色文化印记，教育和激励着一代又一代人为建设幸福美好金张掖而接力奋斗。

为全面贯彻落实习近平总书记要讲好党的故事，讲好红军的故事，讲好西路军的故事，把红色基因传承好的重要讲话指示精神，为深入挖掘张掖红色文化，弘扬好红西路军精神，中共张掖市委党史研究室、张掖红西路军精神研究会组织编印了《张掖红故事》系列丛书，以图文并茂的方式展现红西路军征战张掖期间的感人故事，希望这本书的出版，能够引导全市广大党员干部群众尤其是青少年学生，从宝贵的红西路军精神中汲取精神动力和思想养料，树立正确的历史观，传承好红色革命精神，让红色基因代代相传。

编　者

2021 年 12 月

# 目 录

红军激战十里铺 …………………………… 001

老百姓为红军制冬衣 ……………………… 004

秦基伟智袭敌兵 …………………………… 007

鏖战三道柳沟 ……………………………… 012

血战高台 …………………………………… 015

"铁脚板书记"杨克明 …………………… 018

巾帼英魂映祁连 …………………………… 021

王树声历经艰险回延安 …………………… 026

激战石窝山 ………………………………… 030

张秀玉与红西路军 ………………………… 034

| | |
|---|---|
| 刘成岳高台被救 | 037 |
| 淘金人冒死救红军 | 040 |
| 舍家弃子送红军 | 044 |
| 生命中的继嗣 | 048 |
| 四兄弟救红军 | 051 |
| 乡绅的善举 | 056 |
| 镌刻在墓碑上的故事 | 060 |
| 小裁缝大慷慨 | 065 |
| 一帧兰谱的故事 | 069 |
| 红西路军智过霍城 | 073 |
| 农家院里的惊险一幕 | 076 |
| 肖永银虎穴历险 | 079 |
| 陈治国义救马世良 | 083 |
| 深明大义救红军 | 086 |
| 生死相伴战友情 | 089 |
| 祖孙三代护英灵 | 092 |
| 铁钉九连 | 095 |

| | |
|---|---|
| 红军碛口除恶 | 099 |
| 一杆红缨枪 | 102 |
| 临泽保卫战 | 106 |
| 铁的纪律 | 109 |
| 离别石窝山 | 112 |
| 红军夜袭西二十里堡 | 115 |
| 红五军血战隘门滩 | 118 |
| 周家磨大义助红军 | 122 |
| 一件褐布长衫 | 126 |
| 替我们活下去 | 130 |
| 坚守敌后9个月 | 135 |
| 甘浚堡突围 | 137 |
| 石窝山上刀光剑影 | 140 |
| 黄英祥血洒青山顶 | 143 |
| 吹尽狂沙始到金 | 146 |
| 延续七十多年的血脉亲情 | 150 |
| 高氏父子救红军 | 154 |

一生守护终不悔 …………………………………… 157

一封"电报" …………………………………………… 160

红军舀粥灭烈火 …………………………………… 163

后记 …………………………………………………… 168

## 红军激战十里铺

1936年的一天清晨，西风骤起，天气阴沉。红五军军长董振堂决定利用山丹城外围的有利地形，主动迎击敌人，目的是打乱敌人攻城的部署，扰乱其阵脚，以保存实力。他根据敌情分析，与政委黄超商议后，命令李连祥师长和谢良政委率13师的两个团，火速前往城西十里铺阻击敌人。

部队立即出发，一个小时后，1000余名战士来到红沟、野猫山、大佛寺一带，战士们分别进入阵地。大家抢挖工事，做战斗准备，战士们把墙外能够隐蔽遮身的矮墙推倒，以防不测，接着进一步加固掩体和工事。

敌人骑兵1000多人和步兵3000多人，黑压压的一片，如潮水般涌来。

敌人来到阵地前停下，用望远镜观察，发现红军分成三路坚守阵地，于是他们也将部队分成三路，让步兵、骑兵交替接应前进。各路敌军用机枪作掩护，开始疯狂地向红军阵

**张掖红故事**

地发起集团式冲锋。红西路军战士坚守阵地，沉着应战，等敌人接近时，机枪、步枪同时开火，接着扔出手榴弹。在枪弹扫射和手榴弹的爆炸声中，敌骑兵、步兵纷纷倒地，大批敌人向后溃退。李师长、谢政委见战机已到，让号兵立即吹响冲锋号，战士们像猛虎一般，迅速冲出阵地，痛击敌人，敌人大败而退。红五军乘胜追击，反击后快速清理战场，撤回自己阵地。

　　敌人调整阵容，又连续发起4次集团冲锋，都被红军猛烈的火力挡回去。傍晚时分，敌人又组织第5次冲锋。他们

企图进行偷袭，但又遭到红五军致命的打击。正当红五军吹冲锋号之际，谢良政委来到土围子出口处用望远镜观察敌情，忽然一颗子弹从门口擦地面飞进来。霎时，谢良政委感到右脚一下子发麻、变冷，低头一看，鲜血从鞋口冒了出来，突然右腿一软，向一边倒去。警卫员马上抱住他说："政委，你负伤了！"谢政委微微一笑说："不要声张，别影响部队情绪，快帮我包扎一下！"警卫员立刻包扎好伤口。只见谢政委把身体一挺，忍着疼痛，把手枪一挥，向那边李师长示意了一下，然后大喊了一声："吹冲锋号！同志们，冲啊！"冲锋号"嘟……嘀嘀……哒哒……"吹响了。李师长和刘参谋长带领战士们像潮水般涌向敌人。红五军一个反冲锋，打得敌人仓皇溃逃，谢政委坚持到出击部队返回后才退下火线。

　　李连祥师长下令迅速清理战场，抬上伤病员，在天黑之后悄悄撤离战场，胜利返回城中，他们受到董振堂军长的称赞。

张掖红故事

# 老百姓为红军制冬衣

　　1936年11月,经过激烈的战斗,红西路军胜利攻占了永昌县城,这个消息迅速传到了山丹。县保安团的那些民兵们听到这个消息后,犹如晴天霹雳,末日来临。在红西路军即将来临的震慑之下,保安团的人马和县长李德铨为了保住自己的性命,连夜仓皇出逃。

　　红五军进驻山丹后,首先对城区进行了严密的布防,然后通过走街串巷,向广大群众宣传红军的宗旨,积极向老百姓宣讲"有力者出力,有人者出人,联合一起抵抗日本"的革命道理。经过几天的艰苦工作,很快组建了中华山丹苏维埃县政府。

　　不久,敌人调遣三个旅的兵力向山丹城疯狂扑来。战斗相持了近一个月的时间,英勇善战的红五军在大佛寺、红沟、野猫山、城北隘门滩与敌人激烈战斗,打退了敌人的多次进攻,给敌人以沉重的打击。

张掖红故事

在红西路军与敌人作战期间，山丹县苏维埃政府的主要成员也与红西路军的宣传队一起走家串户，宣传红军的政策，动员群众捐资捐物支持红军的战斗。不到几天的时间，山丹城的富户先后向红西路军捐赠粮食36石，皮袄10多件，毛毡30多条，煤80多石。一些商号也纷纷捐粮献物。红西路军对群众支援的东西付了银圆或打了条据。

此时，正值寒冬季节，红西路军战士的衣着非常单薄，县苏维埃的成员积极组织群众为红西路军改制冬衣。在积极分子吴培录、邢发育、钟守俊和毛炳珍的带动下，老百姓连

**张掖红故事**

夜为红西路军改制皮背心 240 多件，短皮袄 140 多件，皮手套 240 多双。在红五军离开山丹前夕，有 130 多名山丹青年勇跃参加了红西路军队伍，壮大了革命力量。

## 秦基伟智袭敌兵

1936年的腊月，河西走廊天寒地冻，风雪交加。红西路军侦察科长秦基伟带领队伍跳出敌人包围圈，来到临泽蓼泉。秦基伟的胡茬上、眉毛上结满了细细的冰晶，他顾不上休息，带领几个战士出去侦察。秦基伟敏锐地发现，敌人的一个团已经早早地埋伏在城外的杨树林里。

"好家伙，里三层外三层，箍得够严实。"警卫说。

"一个团，十个团才好！"秦基伟攥紧拳头，仿佛那拳已经打在了那些杀人不眨眼的敌人身上。

红西路军在城外的杨树林里开会是三天前就通知的，谁知竟被敌人知道了。"开！就是天罗地网我们也得去！要不然，其他的同志不就白白送进虎口了吗？"秦基伟说道。

"科长，再没有别的办法吗？现在总部除了仅有的一个警卫连，可都是缺乏实战经验的干部和女同志。敌我悬殊，稍有马虎，后果不堪设想啊！"警卫连长望着秦基伟有点犹

### 张掖红故事

豫了。

"秦科长，天这么冷！敌人可是一个团啊，现在我们只有一个警卫连！"大家觉得这事太危险了，敌我力量悬殊。

"天是太冷了，敌人是太多了，相当于我们的几十倍。我们这些人还肩负着保卫总部的重大任务是不是？正因这样，我们才一定要去。机不可失，时不再来！"秦基伟看看天，一把抹掉眉毛上的冰粒坚定地说。

"敌人已经摆好了阵，我们这不是睁着眼往人家设好的圈子里钻吗？"警卫连长眼瞪得大大的，吃惊地看着，他竟然不敢相信面前的这个人就是一贯足智多谋的科长了。

秦基伟笑着说："一个团的敌人算什么，就是十个团，我们今天也不怕！"秦基伟悄悄地对几个部下耳语了一番。大家一下眼睛都亮了。

"走，走！打他们个出其不意！"大家一下有了劲，一时恨不能飞到敌人的包围圈里去。

"走！"秦基伟点点头，眼光像两把亮闪闪的剑刺穿了漆黑冰冷的夜空，毫无惧意地走进了夜风中。

警卫连战士们浑身热血沸腾，毫不犹豫地跟着秦基伟向敌人早已设好的包围圈走去。天塌地陷，红西路军战士从来不怕，再大的困难他们也一定能顶得住。同志们心里都窝着一股火，对敌人的恨，凝成了一股巨大的力量。

在杨树林边，大家默默地把木棍、竹竿削尖；试镐头牢不牢，在坚硬的土地上解恨地撞出星星火花；砖头、石块，凡是能打击敌人的东西，都叮叮当当堆了起来。几个同志趁早用木柴、木炭来熔化铜器、铜钱，连夜赶制手榴弹。秦基伟不慌不忙地一遍又一遍擦枪。

这一切让埋伏在树林里的敌人心里嘲笑着，这装备要和他们的洋枪洋炮比起来，简直是天上地下，还要取胜，太可笑了！

## 张掖红故事

战士们隐约可以听到树林里的敌人耐不住了,不时传来"嚓嚓"地拉动枪栓的声音。这声音与黑河的冰冻声一样清晰,但秦基伟他们都充耳不闻。敌人没被发现更是自鸣得意。秦基伟看着夜空,不时地向远处走去,快要走到敌人的眼前,吓得卧在林子里的敌人都屏住呼吸,生怕被发现。秦基伟笑了,不时地问:"张琴秋部长到了没有?"

敌人知道,今天红军的重要干部张琴秋也会来。敌指挥官给他们下了死命令,今天想尽一切办法也要捉到他们。

一个小时后,果然一个女干部骑着马来了。敌人断定来的是"张琴秋",因为上司告诉他们张琴秋怀了孩子,那个挺着个大肚子的定是张琴秋了。"张琴秋"到了,敌人凝神屏气。秦基伟见到"张琴秋",老远就迎了去。喊道:"张部长来了,欢迎,欢迎!"他声音很大,几乎每一个冻得手脚麻木的敌人都听到了。可他们哪里知道这些全是演给他们听的,一张神奇的网早已在他们身边张开了。

其实,刚才来的不是张琴秋,都是警卫战士扮演的。秦基伟就是想稳稳地将这些愚蠢的敌人冻在冰地上。

敌人没有想到他们早已经被红军战士和愤怒的群众层层包围了。冻得身体早已经发僵的敌人,想打,哪里还动得了枪炮，只听到处是喊杀声，连爬都爬不起来，根本无法应对如下山猛虎的红西路军战士。他们布下的天罗地网，不但没有抓住一个红军领导人，还损失了一个团，将自己的枪支弹药全部送给了红西路军，使这支部队变得更加强大了。

张掖红故事

# 鏖战三道柳沟

1937年2月27日夜，红西路军从倪家营子突围出来，连夜转移到沙河，敌人的追兵紧跟在后面，红军在沙河只休整了一天，便连夜出发了。天上堆积着乌云，偶尔从云缝里露出来的几颗星星，用它惨淡的光，照着荒凉、黝黑、使人觉得深不可测的戈壁滩。红西路军踏着刺脚的石子和砂砾，向西南方向前进。

红西路军战士在戈壁滩上走了一夜，拂晓时进抵倪家营西南50里外的三道柳沟。

红西路军刚刚进驻，村西北的沙漠上忽然卷起了滚滚尘土，敌人的骑兵、步兵在机枪、大炮的掩护下，向红西路军阵地扑来。敌人的机枪疯狂扫射，西南的围墙被打得千疮百孔，弹片和土块雨点似的飞进指挥所里。敌人企图趁红军立足未稳，一举冲垮红军。

## 张掖红故事

此时，军长程世才命令师长熊厚发坚决固守，并伺机击垮敌人。熊师长接到命令，立即到阵地上指挥战斗。敌人在优势火力的掩护下，以密集的队形，冲到了红西路军阵地前。伏在阵地内的红西路军战士们，立即跳出工事，以大刀、枪刺、梭标与敌人展开激烈搏斗，整个前沿阵地上顿时响起刀枪撞击声。从黎明到傍晚，经过反复争夺，红西路军前沿阵地完全被鲜血染红了。

程军长和熊师长登上围墙角楼，刚从缺口里观察敌情，耳边便"嗖嗖"地飞过几颗子弹，正中熊师长的左臂，鲜血染红了衣袖，

快下去包扎，我来指挥。

不要紧，打断了左手，还有腿和右手，照样能指挥作战。

**张掖红故事**

程军长扶着他说:"快下去包扎,我来指挥。"熊师长捂着伤口,紧紧地咬着牙,眼睛望着敌人不肯离开,诙谐地说:"不要紧,打断了左手,还有腿和右手,照样能指挥作战。"他草草包扎了一下伤口,右手提着马刀,跑到最前沿阵地上指挥战斗去了。

熊师长的胳膊虽然被打伤了,但他没有倒下,他一手吊在脖子上,一手提着马刀,到最危险的地方去鼓励同志们坚守阵地。

敌人被击退了,红军守住了阵地。但敌人又以更多的兵力将土围子严严实实地包围起来。程军长命令战士们把十多挺机枪架起来一起向敌人开火。战士们一路突围,冲过一道道封锁线,一口气冲出半里路,与大部队会合了。

根据总部命令,战士们冲开敌人的包围圈,撤至梨园口。

# 血战高台

1937年1月19日夜，敌人围攻高台县城的副总指挥马彪收到电报，要他不惜一切代价，尽快拿下高台城。马彪接到电报后，又调整了攻城部署。他命令各团在高台城西郊、城东北、城东南方向加筑工事，派骑兵团围堵从临泽方向前来支援的红西路军部队，其余部队进行攻城战斗。

20日凌晨，敌马彪命令各部倾全力从四面围攻高台城。只听见炮声震天，火光四起，双方交战激烈。守城的红五军战士和老百姓与攻城的敌人奋力搏杀。敌人炮弹的爆炸声和红军手榴弹的爆炸声此起彼伏，惊天动地，响彻夜空。

敌军加大火力，冲破城门，进入城内。红军伤病员也投入了战斗。城墙上、房顶上、街道间，敌我进行巷战。到处是双方喊杀声和刀枪撞击声。敌人无法前进时就纵火焚烧民房，战斗异常激烈、残酷。军长董振堂站在城门楼中央，高声说："共产党员、干部同志们！敌人上来了，为了民族和

## 张拔红故事

人民的解放,我们要血战到底!"战士们齐声说:"与敌人血战到底!"

当他们突围冲击时,突然一颗子弹飞来,击中了董军长。只见董军长身子一晃,向城外摔了下去。后面的警卫员和几个战士也跟着从城墙边滑了下去。只见董军长躺在离城角几米远的地方,灰蓝色的衣服已经染满了鲜血。战士们大声哭喊着:"军长!军长!"过了一会儿,他慢慢睁开眼睛,用很微弱的声音说:"我不行了,别顾我了,不走就冲不出去了,多出去一个人,就多保留一颗革命的种子,

要血战……到底……"说完，就停止了呼吸，他永远的离开了自己的战友。他把鲜血和生命献给了高台人民。

红西路军与敌人激烈巷战，敌人进城后疯狂屠杀被俘战士和伤病员，又是一场血雨腥风。驻守高台的红五军将士们，除个别战士自行或群众掩护突围外，全部壮烈牺牲。

红五军在高台牺牲的先烈们，乃至西路军其他部队牺牲的先烈们，他们用血肉和生命铸成了永恒的丰碑。红西路军先烈永垂不朽，红西路军精神万古长存！

张掖红故事

## "铁脚板书记"杨克明

在高台县中国工农红军西路军纪念馆,修建有一座烈士纪念亭,亭上题写"三过草地心犹壮,一死高台志未移"的楹联,是为纪念中国工农红军的高级指挥员,被四川梁山、达县等地群众誉为"铁脚板书记"的杨克明。

杨克明原名陶树臣,1905年出生于四川省涪陵县罗家庙一个贫苦的农民家庭。聪颖好学的他在上中学时受到了新文化的启迪和教育,积极参加了宣传孙中山北上、要求废除帝国主义在中国不平等条约、反对军阀横征暴敛等一系列革命活动。1926年,他光荣地加入了中国共产党,并积极投身革命工作。他装扮成补锅匠,不辞辛劳地到各地联系、开展革命活动。由于他为人谦虚谨慎,工作细致入微,处理问题果断,对同志热情诚恳,走村串户工作扎实,老百姓见了他,都亲切地叫他"铁脚板书记"。

为了革命需要,杨克明再一次告别家人,踏上了革命的

张掖红故事

征途。谁能想到,这一次竟是永别!

1937年1月,他和军长董振堂率红五军3000余人,一举攻占了高台县城。正当军民热烈庆祝高台解放的时候,敌两万多人在飞机大炮配合下向高台县城发起猛烈进攻。他和董振堂严密组织、顽强抵抗,与敌浴血奋战8昼夜。最后的时刻,杨克明在烈火中与敌英勇奋战,不幸身中数弹,英勇牺牲,年仅32岁。战斗结束后,惨绝人寰的敌人将他的头颅割下,悬首示众。

先烈们为了祖国的解放和人民的幸福而抛头颅、洒热

019

**张掖红故事**

血,抛小家、创大业的精神,将永远激励和鼓舞着我们以更加坚实的步伐,沿着先烈们开创的道路,为中华民族的伟大复兴而奋勇前进。

## 巾帼英魂映祁连

红西路军在石窝山阻击战进行到最激烈的时候,妇女独立团奉命接替268团阵地,改用该团番号,剪掉长发,女扮男装,抗击敌人。

一开始,敌人先用炮火向阵地上猛烈扫射,随后,大批敌人向阵地猛冲。在敌人距前沿阵地十几米处,遭到女战士们的迎头痛击,敌人被突如其来的手榴弹、石头打得晕头转向,仓惶退回。

狡猾的敌人对红西路军阵地先实施炮火侦察,女战士巧妙隐蔽,巍然不动,静观以待。敌以一部兵力猛攻阵地。30米,20米,10米……女战士手中的武器——机枪、步枪、手枪、手榴弹、石头,像冰雹似的倾入敌群。

敌人集中火力,调头猛攻5连机枪阵地。该连射手李明端着机枪跳出掩体,骂了一句:"狗东西,让你们尝尝红军的厉害!"一梭子弹射向敌人。政治处主任华全双见状,急

## 张掖红故事

喊："李明，赶快卧倒！"话音刚落，这位女战士已血染前胸，身体摇晃着倒了下去。5连连长一个箭步蹿上去，端起李明留下的机枪，打退了进攻的敌人。

6连阵地被敌突破，女战士们和敌人扭打在一起。连长刘国英头扎绷带，挥刀劈杀，连砍4个敌人，被偷袭的敌人戳伤了她的腰部。华全双急步赶来打倒了那个敌人，扶起刘国英。刘国英声音微弱地说："够本了，砍了4个……"头一歪，倒在了血泊中。

敌人发现红军兵力不多，火力不猛，便采用"人海战

术"蜂拥而来。危急时刻，平时连说话都怯怯的赵素贞，拉断手榴弹的导火索，一跃而起冲进敌群，与敌同归于尽！

敌人发现红军阵地上全是女兵，第二天便更加疯狂地发起了进攻。许多同志英勇牺牲了。4连机枪班长黄青仙，打完了子弹，卸下机枪把子向敌人砸去。突然，一块弹片崩进她的腹部，她忍着剧痛，猛地站起来，两手攥住敌人的两把刺刀，大吼一声推向两边，又迅速用鲜血淋淋的双手抱起一块石头向敌人砸去！敌人开枪了，子弹射进她的胸膛。她又向前挣了几步，倒在地上……

傍晚，妇女团2营被敌人围困在山头上。为了与团部取得联系，先后派出的多名战士都没能回来。最后，韩班长带领4名同志又承担了联络任务。最终，带着团首长指示返回，突出敌人封锁时，其他战士光荣战死，韩班长身负重伤，用尽最后一口气将团首长指示传达给自己的部队后，壮烈牺牲。

深夜，突围开始。2营营长姜菊昆带领4连、5连在前面开路，6连的同志背着伤病员跟在队尾。敌人开枪，枪声很乱。姜营长趁敌人还未摸清红军虚实，大喊一声："同志们，跟我冲！"大家一跃而起，边投手榴弹，边向山下冲去。

敌人很快发觉2营的企图，便架起重机枪封锁了下山的

## 张掖红故事

道路。几位欲炸毁敌人重机枪阵地的战士牺牲了，姜营长急了，便提着两枚手榴弹摸了上去。在枪弹交叉的火光里，只见她蹿蹿跳跳，时隐时现，很快接近敌人的重机枪阵地。敌人发现了她，猛烈地射击起来，姜菊昆倒下了。敌人误以为她已被击毙，就把火力转向其他方向。这时，她一跃而上，抛出手榴弹，敌人的重机枪在炽烈的火光中变成了哑巴。

"同志们，快冲呀！"姜营长喊着，并带领战士跨坎越沟，很快来到一片小树林。追击的敌人投来几颗手榴弹，姜菊昆被炸伤了。华全双跑到她的身边，焦急地喊道："菊昆！"

姜菊昆微微睁开眼睛，颤抖着说："我不行了……快领同志们……冲出……"话未说完就咽气了。

妇女团只剩下300多人了。团领导研究决定：化整为零，分散游击。

4月上旬的一天，吴富莲、华全双带领100多名战士向祁连山深处转进时，被敌人包围在一座山头上。她们虽身陷绝境，但仍坚定乐观。夜深了，吴富莲和姐妹们围着篝火唱起歌："为了保卫苏维埃政权，英勇杀敌冲上前！"

第二天中午，敌人开始了集团式的进攻，又有许多战士

牺牲了，剩下的也大都负了伤，战斗力锐减。敌人终于冲上了阵地。

"同志们，宁可粉身碎骨也不投降！死也不能叫敌人污辱！"伤员们愤怒地呼喊着，所有战士用尽最后的力气与敌人拼到最后一刻。

洁白的雪花，悲啸的山风，呼唤着烈士的英灵。巍峨的祁连山峰，为她们树立了一座永恒的丰碑！

张掖红故事

# 王树声历经艰险回延安

1937年早春，红西路军血战河西，经过连续恶战，突出重围后到达祁连山深处的石窝山。在生死存亡的关键时刻，红西路军军政委员会在一个小山头上召开著名的石窝会议，决定将部队现有人员编为3个支队就地分散游击。红九军军长王树声率领右支队沿祁连山腹地向东游击。

部队在山谷里悄悄行进。夜色漆黑，寒风刺骨。多日行军打仗，部队已疲惫不堪，许多战士在马背上睡着了。天快亮时，发现部队已前后脱节失散，只剩下王树声和部分警卫员、通讯员共24人。王树声想到天亮后可能有敌人追上来，便命令大家迅速攀上山顶，这样既可观察寻找失散的部队，又能窥探敌情。天已大亮，山谷里不见一个红军战士的踪影，远处则传来阵阵枪声，果然有敌兵追过来了。王树声当即率领大家翻过山头，沿着另一个山谷快速转移，摆脱了尾追的敌兵。

张掖红故事

这支24人的队伍在山中艰苦行进了三天后，在一条河沟旁又遭遇敌兵。战士们调转马头边打边退，最终甩开敌人，清点人数，仅剩11人了。为了避开敌人追兵，他们转头向西走，寻找左支队。走了七八天后，在山里遇到放羊的老乡，寻问到新疆有多远的路程，放羊人说要走十八马站，他们也不知一站是多少里路，只知道离新疆还很远很远，前边路上还有追赶李卓然、李先念支队的敌兵，更是危险重重，看来是不能再向西走了，于是大家又调头向东往回走。

### 张掖红故事

王树声率领着支队的11人在山中历尽艰险，不知走了多少天，后来试图走出祁连山，从内蒙古方向绕道回陕北。一个夜晚，他们在离山口几十里远的地方意外发现了一户人家。老乡听到狗叫声，提灯出来，把他们迎进屋里，做了黄米饭让他们吃。老乡说这里很危险，常有敌人搜山。饭后，老乡把战士们带到一个山崖边，指着崖下说："这崖中间有个洞，你们就在洞中躲一天，等到明天夜里再走。"王树声见老乡十分诚恳，就依言而行。老乡用绳子把他们一个一个吊到下边的洞口，最后他本人也跟着下来，再三交代注意隐蔽，然后把洞口掩盖好，又顺着绳子爬了上去。

次日傍晚，那位老乡又把红军战士们接出山洞，仍是黄米饭招待，战士们都很受感动，王树声便拿出一枚用作军费的金戒指送给老乡，作为酬谢。饭后，老乡把红军战士们送上一条安全的路，指给他们继续向东行进的路。

王树声率领支队人员经过多日跋涉，终于走出了祁连山，来到民勤县北边的小沟一带。这时，他们从当地人的话语中听到一个震奋人心的好消息：陕北住着红军。王树声当即召集大家商议，把人员分作两组，分头启程奔赴陕北。

王树声带领的一组向北，深入腾格里沙漠。茫茫沙漠，

无边无际，战士们在沙漠中艰难跋涉着。为了减小目标，几个人又分道而行。王树声仅带着自己的警卫员上了路，继续向东走。到了靖远县境，碰巧遇上红五军保卫局长欧阳毅，也是在东返途中辗转来到这里的，于是三人一起结伴东进。数日后，走到宁夏中卫县境，他们打算从这里渡过黄河。

夜间，他们去一个村庄问路，不巧碰上了敌人，匆忙间三人又跑散了。至此，王树声孤身一人。好在此处距黄河已经不远，过了黄河很快就可到达延安。

王树声独自向前走，来到距中卫县不远的一个村镇。这时迎面走来一位老人，他上前问路。老人说镇上驻扎着敌人，过不去。这位老人把王树声带到自己女婿家里躲了几天，随后亲自护送王树声过了危险区，进入甘肃、宁夏交界的固北县境。

终于到达了红色边区！王树声来到设在三岔镇的中共固北县委，一进门就见到了熟人：原川陕苏区南江县苏维埃政府主席李正良，时任固北县委组织部长。于是，王树声受到热情接待，理发、换装、包饺子，顿时感受到革命大家庭的无限温暖。几天后，固北县委派几名骑兵护送王树声回到了魂牵梦绕的延安。

张掖红故事

## 激战石窝山

1937年3月，红西路军总部决定趁夜晚向山中转移。

入夜，红三十军摆脱了敌人，向深山中进发。山势一步比一步险峻，气温越来越低。部队沉默地走着，驮着伤员的战马也一声不响，队伍中不时传来一两声伤员的呻吟。悲愤的气氛像黑夜一样笼罩着空阔的山野和每个战士。

部队走了一夜，到了马场滩天已大亮，距离康隆寺还有8公里地，敌人的骑兵已追上来。这里满地积雪覆盖着衰草，没有一点隐蔽物，旁边是海拔3000多米的牛毛山，红西路军抢占了牛毛山，才站住脚跟。牛毛山上有一片森林，使人感到阴森和寒冷。战士们已好几天没有吃饭和睡觉了，虽然每个人的干粮袋里还有一点点胡麻渣和谷糠做的饼子，但是谁也舍不得动它。只有饿到不行的时候，才舍得拿出干粮来嚼上一口，吞口积雪。

敌人冲来了，机枪向着山头狂扫。敌人的冲锋被一次次

地打退。中午，敌人集中更大的兵力向山头发起了冲锋，敌人的骑兵、步兵嚎叫着冲上了山腰，眼看就要进入森林。这时，268团坚决反击，上至团长，下至伙夫、马夫，全都上阵拼杀，负了轻伤的照旧作战，负了重伤的只要两手还能动，就躺在地下给机枪射手压子弹。268团仅有的300多人猛虎似的迎头一击，打乱了敌军的阵势，敌骑兵掉转马头，向后飞跑，步兵也雪崩似的退下山去。敌人的进攻暂时被迫停止了。

晚上，部队继续向深山中转移。为了甩掉背后的敌人，部队连夜翻了几座大山，到达了距康隆寺40里的石窝山一带。次日早上，红三十军爬上了一道山梁，总部和红九军余部还在侧面的山谷里，没有登上高地，敌人的骑兵又追来了，漫山遍野全是敌人。

268团迅速抢占后面的山峰，265团和267团的一部分战士抵挡敌人进攻，敌人的黄马队向红西路军的高地冲来，全体战士卧倒在冰冷的岩石上，向拥挤着的马群射击。

此时右侧的树林里冲出七八匹黄马，敌人一手持着枪，一手举着大刀，瞬间已登上山顶。敌人距离阵地只有20来米远了，红军指挥员拔出手枪喊道："消灭他们！"战士们一齐

## 张掖红故事

向马群射击，敌人一个个随着枪声从马背上跌落下来，黄马也纷纷倒地。

就在应对这一股偷袭骑兵的时候，敌人的另一股骑兵追上了总部。一些机关干部和红军女战士且战且走，走得慢的便牺牲在敌人的马刀之下。总供给部部长郑义斋同志和他的警卫员打光了子弹，也英勇牺牲了。大家冒着雨点般的子弹拼命还击，情况越来越危急。程世才军长抓起了机枪，向敌人猛扫，敌人随着枪声从马上跌落在了山坡上。有的掉转马头飞跑，有的仓皇寻找着能隐蔽的岩石，像一群没头的苍蝇溃退了下去。

**张掖红故事**

直到总部和红九军剩下的同志们上了山，红三十军265团和267团才边打边撤，与总部及268团会合在石窝山头上，召开了石窝会议，为红军保存了力量。

张掖红故事

# 张秀玉与红西路军

张秀玉，张掖一名普通的妇女，在国民党反动武装的残暴统治下，协助著名爱国民主人士高金城先生营救收容红西路军失散人员，抚养革命后代，体现了一个普通女子的大爱情怀。

1920年，高金城先生来甘州行医布道时，认识了河南籍老乡——张秀玉的丈夫张耀坤，后来张秀玉常找高金城治病，从此张、高两家相识相交。时间长了，高金城的信仰、品质逐渐感染了她。1921年，高金城在张掖修建福音堂医院，张秀玉一家热心响应，积极联系河南老乡募捐。动工后，她虽然怀有身孕，行动不便，但仍帮着做些零活。医院建成后，高金城收徒教医术，张秀玉跟高金城学了儿科，同时兼做打扫卫生、缝补衣服等杂务，成为医院唯一的女职员。

1937年8月，在兰州开办福陇医院的高金城先生受我党

张掖红故事

的委托，来到张掖开展营救红西路军失散人员的工作。高金城向韩起功要回被其据为伤兵医院的福音堂，将医院整修后重新开诊，安排红军战士王定国和张秀玉等人在医院工作，自此，营救收容红西路军被俘、失散人员的工作全面开始。

按照高金城的嘱咐，张秀玉白天在福音堂医院洗纱布、洗衣服、打扫卫生，晚上在自家的麻油灯下一针一线地赶制了100多件衣服，转交给山里的红军御寒。当这些历尽艰险的红军战士穿上张秀玉缝制的棉衣时，深深体会到了党的温暖和人民群众的关爱。

1938年2月，

## 张掖红故事

高金城被韩起功找去看病后再没回家,张秀玉闻知,马上给在兰州开设家庭医院、协助兰州"八办"工作的高夫人牟玉光发电报。牟玉光来甘州后和张秀玉到韩起功部,设法寻找高金城,但没有任何结果,牟玉光只好先回兰州。临走时,在张秀玉的建议下,牟玉光带走了红军女战士杨淑兰,并安全护送到了八路军驻甘办事处。

受牟玉光的嘱托,张秀玉常到医院打扫卫生,晒洗衣服被褥。过了一年多,张秀玉把福音堂医院以前的几位医生召集起来,使医院重新开诊。因为有高金城的声誉,这样又维持了一年多时间。这期间,张秀玉还认领流落红军战士张义华为义子,使其躲过了敌人的追查迫害。

张秀玉虽然没有爬过雪山、趟过草地,没有干过惊天动地的大事业,但她患难相助的博大胸怀和不畏艰险营救红西路军的事迹,将与红西路军将士和高金城烈士的崇高精神一起,铭刻于中国革命的记忆长河,代代相传。

## 刘成岳高台被救

1937年1月20日,高台血战后,红军战士刘成岳侥幸躲过敌人的砍杀,死里逃生后,一场更严重的生死考验在等着他。

刘成岳从高台县城向东南方向跑了一夜,决定进村去看看,即便没有红军,找个老乡要口饭吃也好。村子里只有一座大门开着,刘成岳刚想迈步进去,忽然两只大黑狗狂吠着蹿出来,向他猛扑。一个穿着长袍马褂,留着八字胡的地主从门里往外一探头,喊道:"是个共产党,来人呐,抓起来。"

立即有两个横眉竖眼的家丁,跑上来把浑身是伤的刘成岳捆了起来。地主吩咐家丁王三套车将他送给敌人领赏。刘成岳下了牺牲的决心,所以任凭大车怎么颠簸,伤口多么疼痛,他咬紧牙关,不说一句话。

赶车的王三看刘成岳虽然受了伤,但是依然咬牙坚持,十分佩服,便帮他松绑,因刘成岳在家乡的时候也当过长

## 张掖红故事

工，觉得都是穷苦人，便聊了起来。刘成岳忍着伤痛从自己的出生经历讲起，讲到了共产党和红军的主张，王三听了深受鼓舞，赶紧解开了刘成岳身上的绑绳，将他放走，并告诉他往哪里走可以躲避敌人。

刘成岳满心欢喜，但还没走出几步，那个地主骑着一头驴，飞也似的赶来了。看到王三放走了刘成岳，脸气得铁青，二话没说，抡起鞭子就打。王三各种辩解，也还是躲不过一顿毒打。

刘成岳咬着牙喊道："王三，好汉子不受他这个气，拼了！"

这句话一下子激起了王三的勇气，他一手接住鞭子，反手还击，打死了这个压迫打骂他多年的地主。处理完地主的尸体，王三拉着刘成岳，一口气跑了七八里地。这地方地广人稀，一个人也没碰上。他们找了个避风向阳的地方蹲下来，喘了口粗气，王三扯了块擦汗布替刘成岳包扎头上的伤口，说："往东南走十里就是倪家营子，那里有红军，你走吧！"

刘成岳担心地主家会找王三和他家人报仇，结果王三也是孤身一人，没有家人，他打算去南山里找他的裕固族朋友，帮他们挖药材。

张掖红故事

刘成岳紧紧地握着王三的手,心里有千言万语,但一句也说不出来,分手的时候,才说了一句:"老王,你记住我的话,总有一天,红军会解放全中国,我们再也不会受剥削和压迫,我们要做国家的主人。"

刘成岳和王三分别后又走了大半夜,终于到达倪家营子找到了红军部队。刘成岳和王三说的话,现在已经成为现实,但是刘成岳没有亲眼看到这一天,他在随部队转战祁连山时英勇牺牲了。

张掖红故事

## 淘金人冒死救红军

1937年3月23日傍晚,祁连山中的淘金人杨育俊的窝棚门口爬来一个衣衫褴褛、蓬头垢面、双脚包着破毡片的人,一看到他身上的灰制服,淘金工们便知道他是个落难的红军,此前也三三两两从这里走过流散的红军。于是,大家都把目光投到杨育俊掌柜那里。因为敌人和保长刚给各淘金洞打过招呼:不许收留红军,见到红军要立即报告,如有违者全家抄斩。

看着来人一副破败不堪的样子,胆大心细的杨育俊派人把他扶进了洞中,并盛来黄米饭让他吃。来人说自己是红军队伍里的伙夫,叫"张明玉",是被敌人抓去后逃出来的。

杨育俊看"张明玉"的脚还在流血,他赶紧帮他止了血。并安排他到最里边的窑洞里去睡觉,留下几个小伙子,商量如何隐藏这个红军,并给他治疗脚伤。杨育俊给大家定了规矩,谁要是走漏了风声,轻者不要在这个金洞淘金,重

者与自己同被敌人治罪。

"共产老张"的脚是遭受敌人的枪伤之后，又冻坏的，别说行走，就连挪动都十分困难。杨育俊决定用羯羊包皮的土法给他治伤。

第二天早晨，杨育俊买来了一只羯羊，按照当地祛除杂病和治疗枪伤、冻伤、溃烂的方法，杀了羯羊给"共产老张"治伤补身子。杨育俊给"共产老张"的双脚包上了刚刚取出的羊肚子，身上包着刚剥下的热羊皮。

就在这时，一队敌人又来搜红军了。他们下了马就径直往杨育俊的窝棚内走，一见是他们昨天抓获的红军跑到这里来了，又在"包皮"，不由分说，拉出去就要带走。杨育俊走上前想求个情，还没开口就被那个当官的敌人抽了几鞭子，并命令士兵把"张明玉"拖出门外，扯去了包裹的羊皮和羊肚子，他们要把"张明玉"拖走。

正在大家无计之时，淘金的大师傅心生一计，他走上前来大声问杨育俊："杨掌柜，招待长官的羊肉煮好了，端不端？"杨育俊一边说："端上来！"一边急忙把几个敌人"请"到了窝棚内的石板炕上，又取出一小坛青稞酒，招待几个敌人吃饱喝足。最后，在杨育俊的请求下，敌人答应把这个红

## 张掖红故事

军"伙夫"留在杨育俊的淘金洞治伤,并把这个红军"伙夫""雇"给了杨育俊,要求杨育俊每月交给他1两黄金。

为了尽快治好"张明玉"的伤,杨育俊亲自上山采来中草药,为其煎服和擦洗伤口,用羊肉汤泡馍让他补身子。

"杨掌柜,招待长官的羊肉煮好了,端不端?"

十多天后,"张明玉"的伤势大有好转可以拄着拐杖慢慢走路了。

原来"张明玉"真名叫熊国炳,是红西路军军政委员会委员。熊国炳身体得到完全恢复后,在杨育俊这里以做淘金工为掩护,设法寻机找部队。

为了使熊国炳更安全，杨育俊带着熊国炳回了趟高台新坝老家，他让媳妇任月英给熊国炳准备了庄户人的衣服，并在父亲杨春茂的主持下，杨育俊与熊国炳结拜为弟兄，熊国炳年长，为兄，杨育俊为弟。没有结义的帖子，熊国炳只在一小块纸上写了自己的名字"熊国炳"，交与杨育俊保存。

　　一段时间后，熊国炳要向西寻找红军队伍，临走时，为了轻便，他自己存的3块"新疆金子"留给了杨育俊。熊国炳走后，敌人闻风到杨育俊家搜查红军。搜不到人就搜家，把熊国炳留下的"新疆金子"讹走了两块，还把杨育俊毒打了一顿。为了这个红军，杨育俊被敌人多次讹诈，虽为淘金人，但已负债累累。

　　熊国炳到肃州寻找红军未果，二次来到了杨育俊家，为了安全起见，杨育俊又把熊国炳带到山里去淘金。4个月后，熊国炳离开了杨育俊家，再次去了肃州。这次，他流落定居于肃州的泉湖乡泉湖村。

## 舍家弃子送红军

1937年3月,在焉支山下马营河畔的砂锅口。虽然到了阳春季节,但是这一日天幕阴沉,依然如同冬天一样,寒风瑟瑟,阴冷刺骨。

一个名叫万怀章的小伙子,单独一人,在寒风中行色匆匆地向窑坡方向走去。当他刚走过砂锅口时,只见路旁的一个土岸子下面,有两个人正围坐在一起烤火取暖。这两个人见万怀章向他们走近时,都警惕地看着他。此时的万怀章心中顿感害怕,他下意识地朝外走了几步,刚要跑步离去却被一声熟悉的乡音叫住了。

"不要怕,冷了过来烤烤火吧。我们不是土匪,我们都是穷苦人呀!"

当他怯生生地向这两个人走近时,万怀章发现那个操着湖北口音的人语气虽然和蔼,但他的脸色却十分苍白。心怀戒备的万怀章,一听这个人满口的湖北口音,心里顿时有了

一种无比亲切的感觉。

万怀章说:"听你说话的口音你也是湖北人,我们都是湖北老乡啊!"万怀章说完,眼睛里盈满了泪水,他擦了一把热泪动情说道:"做梦也想不到,能在大西北见到我们老乡啊!"

经过他们之间简短的几句寒暄,才得知这位说话有些吃力的湖北老乡身体患有重病。万怀章说:"我姐夫是中医,他也是我们湖北人……"

万怀章的姐夫名叫但复三,也算是一位老中医了,此人为人十分豪爽。万怀章把这两个人带到了窑坡,住在了但复三的家中,并给这位湖北老乡煎服了中药。

第二天,另外一名红军把病中的湖北老乡寄托在但复三的家中,然后匆匆告别向东边方向走了。

这位湖北老乡在但复三的家中虽然治疗了好几天,身体也慢慢有了一点好转,但他没有透漏自己的姓名和真实身份。

数日后的一个夜晚,突然响起了一阵紧促的敲门声,但复三急忙把治病的湖北老乡藏了起来,然后才不紧不慢地去开门。

敲门的人正是他半月前曾资助过路费,说是去找组织的那个自称是王裁缝的红军,但复三把他急忙让进了屋里。

## 张掖红故事

王裁缝进门说道:"我们又见面了!我这次来是看一个人的。"

但复三十分冷静地说道:"我家里除过老婆孩子再没有什么人!"

正在说话当中,这位湖北老乡从屋里走了出来,并十分惊喜地说道:"老王同志!"

这时王裁缝急忙过去拉住他的手说:"首长,你的身体好些了吗?"

这位湖北老乡笑着说:"多亏了他的精心治疗啊!"说完他们三个人紧紧地抱在了一起。

经过三个人简短的寒暄,但复三这才知道他

所精心治疗的这位湖北老乡正是红西路军的首长——陈昌浩。

王裁缝说:"好了,为了不暴露首长,我得连夜赶回去。"说完从身上取出了几块大洋递到但复三的手里,说道:"除了归还你的那几块大洋,这六块大洋是留给你给我们首长看病用的,拜托了!"说完出门匆匆走了。

又过了几天,敌人到处搜捕红军,但复三急中生智,把陈昌浩藏入门旁的草堆之中,这才幸运躲过了这一险情。由于敌人四处搜捕红军日趋甚紧,为了陈昌浩的生命安全,但复三和他的义子聂友成、小舅子万怀章三人,趁黑将陈昌浩转移到了钟山寺的后寺隐藏了起来。从此但复三一家人经常以进山挖药为名,轮流给陈昌浩去送食物和草药。

在后寺隐藏了一段时期,陈昌浩的病情逐渐好转,体力也得到了恢复,他毅然提出要去找党组织。但复三为了陈昌浩的身体和一路上的安全,不同意他一人独行,便毫不犹豫地瞒着自己的妻子和亲生儿子但维朝,带着义子聂友成同陈昌浩一同踏上了回延安的路途。

陈昌浩在但复三的护送下回到了湖北武汉,后辗转回到了延安。但复三却因长途颠簸,不久,病逝于老家湖北广水。

这个故事虽然过去80多年了,但复三舍家弃子送红军的故事,却一直在焉支山下传颂着。

## 生命中的继嗣

在民乐县四坝村，人们依然清楚记得李兴俊收养流落红西路军战士李逢嗣，并把浓浓的父爱倾注在这个红军娃身上的感人故事。

1938年的一天夜里，从敌人押解的被俘红军队伍中逃出的曾文鉴，不顾身体的病痛，拖着伤残的双腿往前跑，因天黑看不清路，他摔下山崖昏了过去。

从昏迷中醒来后，曾文鉴咬着牙，爬到民乐县四坝村一户人家的大门前，便不省人事了，这家的主人正是李兴俊。

第二天早晨，李兴俊打开家门看见门口躺着一个人，身上到处是伤，衣不遮体。他走上前去一看是个孩子，摸摸还有一口气，李兴俊猜出他是一个红西路军战士，就赶紧把他背进家里。等他醒来后先让他喝了些小米汤暖暖身子，然后让家里人做饭给他吃。

在接触中，李兴俊发现这个小红军聪明伶俐，会写字、会唱

张掖红故事

歌，他很喜欢这个孩子，就想收留这个孩子。为了防备敌人抓走这个红西路军小战士，李兴俊凭借家族的势力，多次托人向驻守民乐的敌人私下送钱送礼，以收义子为名把曾文鉴留了下来，并将其改名叫李逢嗣。

1938年秋，李兴俊就将李逢嗣送到洪水学校开始念书。在李兴俊家生活的日子里，衣食无忧，李兴俊对待他像自己的亲儿子一样。可是，李逢嗣还是想着怎样回到革命的队伍中去。1940年冬天，18岁的李逢嗣从学校偷跑出来向东去找红军队伍去了。李兴俊心急如焚四处打听李逢嗣的下落，他想把儿子找回

## 张掖红故事

来，担心兵荒马乱的外面不安全。1941年，李兴俊终于得到消息，李逢嗣在兰州干训团军事大队接受军事训练，他请求民乐县县长把李逢嗣要回了民乐，尽心尽力地呵护着李逢嗣，生怕他再有意外。1945年农历三月，44岁的李兴俊因病在洪水城去世。

几经辗转，1951年李逢嗣定居在民乐新丰村。1984年甘肃省民政厅向他颁发了"西路军红军老战士光荣证"。1987年李逢嗣在洪水新丰村去世，享年65岁。

80多年过去了，李兴俊救助红西路军战士李逢嗣的故事，至今还在民乐流传。

## 四兄弟救红军

1937年5月，民乐县沐化乡山寨村的农民李宗先到小堵麻山里背木头。在八台山，李宗先遇到了一个衣着破烂、面黄肌瘦、不像本地人的小青年。这个小青年正在地上挖吃草根，他便主动上前搭了话。

这位小青年12岁，是一名流散红军，名叫丐有安。李宗先回家后向父母详细说了他所看到的情况，并打算将这个红军娃领回家里。

父母亲答应了李宗先的请求。几天后，李宗先就将丐有安领到了自己家中。为了掩人耳目，李宗先的母亲何氏用当地的土布给丐有安缝了衣裤，并做了一双新鞋，将丐有安的破烂衣服彻底换掉，在李宗先的家中掩藏了下来。

不几天，又有两个红军战士来到了李宗先家。李宗先的一个小家庭，一时无法收留掩藏三个红军，加之敌人搜查正严。为了保全这几个红军的性命，李宗先将一个名叫傅永选

## 张掖红故事

和王文清的红军分别让本家兄弟李孝先、李吉先收养。

　　李孝先和李吉先都是李宗先同族的哥哥，都是靠几亩山地和到山里给别人背木头维生的贫苦农民。虽不是亲兄弟，但当李宗先把落难的红军交给他们时，他们都尽着自己最大的力量去照顾受伤的小红军。

　　由于几个小红军的脚都已冻伤，为使他们早日康复，李家兄弟四方奔波，寻医采药，在他们的精心照顾下，红军战士的脚伤很快好了，身体也渐渐恢复。为了不引起别人的怀疑，李宗先给丐有安教制作笼儿的手艺，别人

> 我教你制作笼儿的手艺，别人问起，就说你是我新收的徒弟。

> 好，谢谢师傅。

问起，李宗先就说这是新收的徒弟。

1937年9月，敌人到处搜捕流散红军，李宗先就将三个红军藏在山里的窑洞内，他们弟兄几人天天轮流送饭。小红军王文清怕事情败露连累李家兄弟，就执意外出。李宗先的堂兄李荣先知道后，又主动收留王文清。

李荣先上过私塾，有文化，是当地的医生，在地方上威望很高。其妻杨月珍是当地的"接生婆"，给谁家接生了孩子，总有几个面桃、二尺红布的答谢。因此，李荣先家中的条件要比其他几个弟兄好一些。

李荣先让王文清住在了自己家里，农忙时帮他家干点农活，农闲时，王文清就利用学来的织衣手艺，帮人织点毛衣。有敌人搜查时，李荣先的妻子杨月珍就把王文清藏在自己的陪嫁柜里。

不久，李家兄弟掩藏红军的事被敌人知道了，敌人把李宗先、李孝先、李荣先弟兄三人抓去毒打，要他们交出收留的共产党。为救他们弟兄三人，李家只得变卖水地，为他们每人花去白洋50元。

1938年6月，敌人再次前来勒索，并且向他们要枪。李宗先把三个红军送到小堵麻山里躲避，而李家弟兄三人，每

## 张掖红故事

人又被敲诈去白洋 4 块，土布两匹。这一年，李宗先的父亲李成和与母亲何氏，因受儿子被毒打和家中被敲诈的打击而相继去世，李宗先的家已经彻底破落。

1939 年 3 月，敌人前来李宗先家搜捕红军，李宗先听到消息后，即刻给三个红军装上青稞和炒面，送到山里去躲藏。不幸的是，他们在半路遇上敌人而被抓捕，被拴在马上拉到保公所里审问。

李宗先弟兄三人逃在外面躲藏了七八天，敌人将三个红军送给众人，并向众人要李家兄弟，李家兄弟没有办法只得回来，再求人说情。最后给了敌人 2 头牛、2 头毛驴、9 只鸡、4 匹土布、9 斗大豆，兄弟三人还每人花了白洋 80 元才算了事。

敌人的多次敲诈，使李家兄弟债台高筑，为了还债，李家兄弟给地主打短工、扛长工。李宗先将自家仅有的两间房子变卖，靠给别人拉长工才还清了借下的 80 元白洋。

三个小红军终未逃出魔掌，都被敌人抓走。后来，傅永选和王文清逃了出来，又来到李家。李宗先送给傅永选制作箩儿的一套工具，傅永选以制箩手艺为掩护，最后回了老家，王文清又来到了李荣先家里。一次，敌人来搜查红军，

张掖红故事

李荣先的妻子杨月珍把王文清藏到了柜里，可是，自己才十几岁的儿子却被敌人抓走，李荣先只得请地方士绅出面，才花钱赎回了自己的儿子。

民乐解放前，李荣先帮助王文清以招女婿的身份与山寨村下李家的李孝芸结婚成家，定居于此。土地改革时，王文清分得了土地，在山寨村务农。

1958年9月，李家弟兄由于救助红军有功，民乐县人民政府奖给他们弟兄每人锦旗一面。

张掖红故事

## 乡绅的善举

1937年3月,祁连山脚下的民乐县韩家营子依然寒风料峭。孙家门外来了几个穿着单薄、面黄肌瘦的外地口音的要饭人。

主人让雇工送吃的给这些人,这些人见孙家没有恶意,便连续几天来这里要饭吃,而且要饭的人越来越多。这些人就是红西路军失散人员,这家主人就是民乐县洪水区区长孙振铎。

孙振铎读过私塾进过学堂,民国时期当上了民乐县沐化区区长。孙振铎富有正气,不怕邪恶,而且结交广泛,来往结交皆为上层人士,他与民乐县县长江树春为莫逆之交。

红西路军在高台、临泽血战之后,河西家家户户都知道了红西路军。看见这些枯瘦如柴的可怜人,孙振铎就让家人拿来吃的让他们吃喝。若有人请求留下来干活糊口度日,孙振铎也毫不犹豫,冒着全家被杀头的危险留下他们。

张掖红故事

当时敌人正在对流落失散的红西路军伤病员、战士进行疯狂的搜捕和追杀，孙振铎知道，在这样的危难时刻，如果没有人救助，这些人很难活下去。

一天，本村农民葛连春来央求孙振铎，说有一位叫张保政的红西路军战士在他家隐藏已经好几天了，因他家生活困难，没办法再隐藏下去。他说孙振铎是区长，又是地方上的绅士，收留红军一般人不敢向敌人告密，请孙振铎收留救助。孙振铎就以"我家要一个雇工"的理由收留了张保政。

孙振铎家收留了张保政、陈玉莲、王根才等几名红西路

## 张掖红故事

军战士，把他们都化装成本地的老百姓，掩护下来。1937年6月，孙振铎将张保政介绍给江树春县长当了警卫员，后把张保政带到了兰州。

1937年8月，张掖福音堂医院的高金城与孙振铎取得了联系。不久，孙振铎家来了两个骑马的人，他们正是张掖福音堂医院的王定国和陈广志，是来这里以采药治病为名与孙振铎联系的。

孙振铎见多识广，学养丰富，尤其精通医学。因此，他家来几个采药治病的人是很自然的事。在孙家，王定国秘密拿出高金城写给孙振铎先生的信和八路军兰州办事处彭加伦处长的电报，希望他协助高金城做营救、收容红军的工作。

孙振铎让王定国、陈广志跟自己的家里人吃住在一起，全力协助王定国、陈广志每天以采药看病为名在南山一带寻找收容失散的红西路军战士。

孙振铎家的地窖、隔墙都成了红军的藏身之地。他们在祁连山一带的花寨子、南古城、马蹄寺、李家沟等地散发上面印有"八路军兰州办事处的地址：南滩街54号"的传单。很多失散流落的红军听到这个消息后从祁连山上下来找他们，有的找到福音堂，有的去了兰州"八办"。

张掖红故事

　　为了救助红军，孙振铎卖了自己在甘州南城巷的车马店，为红军治病疗伤、提供粮食和资助，为党和人民保护了一批革命财富。在他的掩护救助下，红军女战士陈玉莲在民乐韩家营子定居，红军王根才在民乐新天王庄落户。

　　孙振铎先生因保护红军有功受到了民乐人民的爱戴，1951年土改时被定为开明绅士。1952年当选为民乐县各界人民代表大会代表。

## 镌刻在墓碑上的故事

在民乐县顺化乡曹营村的王氏墓地上，葬着一位普通的老人，老人的墓碑上刻着这样几行字："故公生于一八八三年，卒于一九五四年十月初四日。故公乐善好义，勇于助人。于一九三七年四月营救红军将士贺主成、林春芳等七人，掩藏于臭泉沟窑洞内养伤十五天，慷慨解囊相助，指路东返。略纪其事，高风亮节，以昭子孙。"这位老人就是冒死救助过红军的王之臣。

王之臣老人虽已故去多年，但他救助红军的故事却在当地广为流传。

1937年，红西路军失败后，敌人疯狂搜捕红军，残害救助红军的百姓，许多百姓都爱莫能助。而王之臣却倾其所有，冒死为饥饿疲惫的红军解危济困，是因为他受敌人迫害太深。

王之臣生于1883年，从父亲王耀新开始就置房置地，

到民国时期王家已经是当地有名的富户。可是，他的万贯家财却常常被敌人"惦记"着。

1928年，敌人来他家勒索钱财，正好王之臣外出，敌人就将他父亲王耀新和他大哥王尽臣绑住，全身缠上布泼上油活活烧死。敌人来抢来烧不是头一回，但烧死父亲和哥哥，这仇恨使王之臣刻骨铭心。

1937年4月的一天夜里，红西路军林春芳等人来到民乐县靠山根的王家大庄。王家大庄正是王之臣离村子很远的一个庄子。那天夜里，下着大雪，狗叫得很厉害，王之臣以为敌人又来了，他看外面有人，问什么人？来人说他们是红军，开门进来，一共7个人。他们衣服都很单薄，手脚都冻伤了，但是很谦恭，真是人民的子弟兵。王之臣架火让他们烤，并让妻子和女儿赶紧烧水做饭。

林春芳是红西路军三十军医生，石窝分兵后，林春芳被编到李先念支队。后来为了缩小目标，组织上决定分散行动，临时组织了一支30多人的小分队，由林春芳负责卫生医疗工作，要他们向东寻找河东红军。他们在祁连山里迂回一个月后，大家商量再次分散行动，在东进途中林春芳一行7人来到王之臣家乞食投宿。想在这里恢复一下体力后继续

## 张掖红故事

东行。

见了红军，如同见到了亲人。那天夜里，王之臣和红军在庄子里聊了一夜，王之臣说了敌人烧死父亲和哥哥的事，林春芳说迟早要回来给他们报仇。

为了防止被敌人发现招致不测，次日天还没亮，王之臣装上炒面和青稞面干粮，将林春芳他们送到离村子3里地的臭泉沟的窑洞里。

臭泉沟是山下一条很清澈的水沟，沟旁有王之臣的一个庄子。王之臣地多牛羊也多，为了放牧和耕种山地的方便，他在那里依山打了庄子，山

下挖了几孔窑洞，窑洞围在庄子里，庄子里圈牛羊，窑洞住人。

林春芳他们在窑洞里住着，每天晚上，王之臣差人给他们送水送饭送干粮。为了使红军尽快恢复体力，王之臣的妻子将青稞面干粮改做成麦面干粮，还杀鸡炖汤给红军滋养身体。

就这样，林春芳等人在王之臣冒着杀头危险的掩护下，在窑洞里住了十几天。在这期间，敌人两次到村里搜查红军，保长、甲长、民团也纷纷出动驻村骚扰。为了不连累王之臣，林春芳他们决定转移。

临走时，王之臣给他们带足了干粮和炒面，并嘱咐了他们行走的路线和敌人驻地的岗哨情况。

王之臣出于对敌人的痛恨和对红军的爱戴，给予了7人力所能及的掩护和接济，使他们绝处逢生，林春芳等人感激不尽。

1949年9月，已经担任西北军区卫生部第四后方医院副院长的林春芳随中国人民解放军解放民乐。

进驻民乐后，林春芳即向房东打问到了王之臣，想和王之臣见面叙旧谈心，以表肺腑之言。但因军务在身无法离

## 张掖红故事

开，就写了个条子托他的房东交给王之臣。

王之臣接到林春芳的条子，连夜赶到民乐县城找林春芳。可是，军情有变，林春芳已于凌晨4点就向张掖出发了。王之臣得知部队当天要在民乐五坝宿营，就骑着毛驴赶到五坝与林春芳见面。

12年后再重逢，不是亲人胜似亲人。那天夜里，林春芳和王之臣睡在老乡家的热炕上畅谈了一夜。次日，部队奉命向张掖挺进，为酬谢王之臣的救命之恩，林春芳把自己的坐骑——一匹青骊马——送给了王之臣。

那年中秋节，部队驻扎在张掖，王之臣让儿子王得志带着家乡的月饼和土特产专程到张掖看望林春芳。他们一同赏月、谈天。王得志离开时，林春芳送给他一套衣服和鞋袜，还给王之臣带了两条纸烟。

80多年过去了，那段往事虽然已经沉淀在岁月里，但在王之臣老人的墓碑上却镌刻成了永恒。

## 小裁缝大慷慨

1937年春天，由于红西路军在临泽、高台、张掖等地血战数月，张掖城里到处是伤兵、流民。

有一天，张掖乔氏制衣厂四川籍的师傅杨仲贵外出，正碰上敌人押着几个衣衫褴褛、浑身是伤的红军战俘，其中一位用四川话与敌人对骂，杨仲贵一听口音便知是自己的四川同乡。他赶忙回厂里向自己的掌柜乔发有恳求，想把这个四川老乡救出来。

杨仲贵是四川安岳县人，早年因生活所迫，流落在张掖，学了个裁缝手艺，就在城内的乔家制衣厂当师傅。由于杨仲贵制衣技术精湛，深得人们赞誉，厂方掌柜乔发有也非常器重他。加之制衣厂常为敌人制作军服，杨仲贵也在敌人中认识了一些人。

在杨仲贵的恳求下，由乔发有出面协商，杨仲贵花5块大洋将这位红军带了出来。

## 张掖红故事

带回这名红军伤员后，杨仲贵先将他安置在自家的屋内，抓了草药给他疗伤。为了给他补身体，妻子杨玉英还特意买了两只鸡炖汤给他喝。

在杨仲贵和杨玉英夫妻俩的精心照料下，十几天后，这名红军的伤开始痊愈。

为了避免危险，在征得"乔掌柜"同意后，杨仲贵把这名红军留在了制衣厂当学徒，他们以师徒相称做掩护。

杨仲贵和杨玉英只知道此人姓傅，也就称他"老傅"。"老傅"见杨仲贵人品好，又机警，

便给他讲述了很多革命道理，杨仲贵很受启发。

杨仲贵手把手地教这位"徒弟"怎么拿针、穿线、锁扣眼、踏机子，厂里不发工钱，杨玉英就让他在自己家里吃饭。

不久，杨仲贵发现"老傅"与张掖福音堂医院里做党的地下工作的王定国有联系，有时还要去参加秘密会议，他就在工作中尽量给予方便，使"老傅"有更多的机会与党组织接触。

1937年深秋的一个夜晚，"老傅"告诉杨仲贵，他要离开张掖回延安了。师徒情谊难舍难分，他们倾心交谈直至深夜。

"老傅"要走了，杨仲贵和杨玉英将家里的全部积蓄——10块大洋——交给"老傅"，杨玉英又连夜赶做了一大包锅盔送"老傅"远行。临行时，"老傅"才告诉了杨仲贵夫妇他的真实姓名。

"老傅"叫胡嘉宾，1937年春天在梨园口战斗中受伤，不幸被俘，押往张掖后遇到了杨仲贵。

为了不引起敌人的注意，胡嘉宾没让杨仲贵夫妇相送，他和其他两位红军战士当夜就离开了张掖，后历尽艰险回到了党的怀抱。

杨仲贵慷慨解囊、援助红军和掩护营救红军脱险的思想

## 张掖红故事

和行为，对他年仅 22 岁的妻子杨玉英启发很大，从此，他们夫妇配合张掖地下党为营救红军做了许多工作。杨玉英曾多次接受福音堂医院高金城和王定国的委托，装扮成福音堂修女，用木制铁轮马拉小轿车，坐在车子前边，把在福音堂养好伤的红军战士装在车子里边，以送死尸和瘟疫病人的名义护送他们出城到张掖城东八里堡的安全地带。

就这样，一批批红军战士被她们避开城门上站岗的敌人而送出城，化险为夷，陆续回到了延安。

## 一帧兰谱的故事

1937年3月的一天,李逢溢出外,身负重伤的杨春材在敌人的追捕下来到了平坡煤窑。李逢溢的父亲李兴业为使这个红军免遭敌人的残杀,就将杨春材留下,想让儿子李逢溢帮助他离开。李逢溢回家后,父亲对他说:"我虽给你留下了个红军,但现在敌人势力很大,如果发生事情不但没了家产,就连自己的性命也保不住,你若有胆量就把他留下!"出于对英雄的向往和对红军的仰慕,李逢溢留下了杨春材,二人三言两语,便十分投机。

为了不被敌人发现杨春材,李逢溢先把杨春材藏在自家的后窑里,每天给他换药、清洗伤口。这期间,与大部队失散的红军战士三三两两路过平坡煤窑,李逢溢都拿出钱物接济。风声很快被走漏出去,当地的敌保人员怀疑他家后窑里藏着共产党,便来搜查。李逢溢机智地一面与敌保人员周旋,说红军早已走了,一面不顾敌保人员的威胁和恐吓,连

## 张掖红故事

夜把杨春材转移到另一个破窑洞里隐藏。李逢溢还在家里摆上酒菜，请敌保人员前来吃喝，并有意把他们领到藏过杨春材的地方取酒，从而打消了敌人的怀疑。就这样，在李逢溢的救护下，杨春材脱离了危险，伤也开始痊愈。

杨春材知道红军在张掖南山建立了党的组织，就托李逢溢带着他的书信去寻找，由于红西路军的失败，在张掖南山灰条沟的党组织也停止了活动，寻找未果。

在渴望施展抱负又独力难成的情况下，杨春材鼓动李逢溢"要革命，革命成功后有希望！"李逢溢感佩杨春材的救国救民之举，大有相见恨晚之意。患难之中，杨春材提笔挥毫写下兰谱，与李逢溢缔结金兰，做了异姓兄弟。在他们相处的日子里，杨春材教李逢溢写书法，李逢溢教杨春材尝百草，寝则同床，恩若兄弟。

1937年5月，杨春材伤已痊愈，他要去寻找红军部队，临走时，李逢溢给杨春材缝制了一套甘州老布棉衣，并送给他一顶毡帽和一个褐褡裢，把杨春材装扮成一个地道的商人。备足了口粮，又资助了盘缠，李逢溢牵着毛驴，将杨春材送到新河驿长城口，看着他一路向东。几个月后，杨春材辗转回到了家乡，在永宁学校任校长，至1952年病逝。

## 张掖红故事

山丹解放后，李逢溢被人民政府委任为芦堡乡第一任乡长。1957年，芦堡乡撤销，李逢溢又重操旧业，在新开办的村卫生所当医生。1958年，在保护红军有功人员座谈会上，李逢溢受到了表彰。1966年，李逢溢去世，享年65岁。

拂去历史的尘埃，杨春材、李逢溢义兄弟在不尽人意的社会遭际中，在天下大乱的危急局势下，那种誓同生死、祸福同当的风骨，直教人每每追思仍热血鼎沸！

在张掖市档案馆关于1958年保护红军有功人员的档案

## 张掖红故事

材料中,珍藏着一帧发黄的兰谱。它就是1937年红军战士杨春材与山丹农民李逢溢缔结金兰的见证。这一帧单薄的兰谱,承载的却是一段厚重的历史。

## 红西路军智过霍城

1937年3月14日石窝会议后，红西路军分兵游击，其中东归的将士们采取多种方式，踏上了艰难的历程。

红三十军卫生队队长梁昌汉和军部参谋张方明、88师政委郑维山、副师长熊德臣等人一起向东行进，迢迢千里前去延安。他们走出祁连山，途经民乐县北部的高寨子村时，遇到了红三十军警卫班班长高本义一行七八个战士，大家便结伴同行，一同前往陕北。

东归的路程十分艰难，一路上忍饥挨饿，有时连一口水也喝不上，而且还要时刻提防着敌人的搜捕。经过几天艰难跋涉，一行人来到山丹境内的霍城。三个月前，红军部队西进路过此地时，曾在一户人家住宿。此行又路过旧地，梁昌汉提议再去那户人家投宿，众人便一起向那户人家走去。不料，他们刚一进门，就惊讶地看见炕上躺着几个人在抽旱烟。

## 张掖红故事

猝不及防，仓促之间双方都为之一愣。屋里的几个家伙见来者衣着破烂，还有人带着伤，就知是被打散的红军。为首的一个就气势汹汹地说："嚯！是红军吧？胆子不小啊，敢到这儿来！"炕上的几个人都跳了起来。那个领头的又说："听着，你们要是有'金子'的话，赶快拿出来，要不，就把你们送给敌人去！"警卫班长高本义反应快，疾速从腰里拔出手枪，喝一声："都不许动！谁敢动我先打死谁！"炕上的几个家伙顿时被镇住了，吓得变颜失色不敢动弹。梁昌汉见状，也急中生智，用敲山震虎之法，故意对身边一个

战士下令说："快去调过来一个班，看住这几个家伙，敢乱动者就地枪毙！走，再到别处去看看。"说过，一挥手，领着众人大摇大摆走出门去，安全脱离险境。炕上那一伙人都呆若木鸡，谁也没敢动弹。

一行人快步出了村子，不禁舒了一口长气。经过这一场意外遭遇，深感此间环境险恶，不可有丝毫大意。他们便咬紧牙关，加快行进速度，一直向东走。

前路漫漫！从祁连山下到遥远的陕北，这一行身经百战的红军将士白天在山洞或树林草丛中藏身，夜晚摸黑赶路急行，跋山涉水，历经千难万险，不知经历了多少个日日夜夜，最后终于胜利回到了陕北！

张掖红故事

## 农家院里的惊险一幕

1937年早春,河西走廊在凛冽的寒风中一片萧瑟苍凉,沿着祁连山脚下空旷的荒野,有12名衣衫褴褛的红军战士相互搀扶着一路向东行来。

红西路军石窝山分兵之后,这12名红军战士摆脱了敌人追兵,走出深山,沿着山脚一路东行。为了躲避敌人的搜捕,他们尽量避开大路往人迹稀少的地方走,已经有两天滴水未进了,现在必须到有人家的村子里讨些吃的,不然就难以走出这个地方了。

傍晚时分,12名饥饿不堪的红军战士来到了山丹霍城东山一个贫穷荒凉的小村子。战士们讨要了几家,也没有得到多少能填肚子的食物。就在他们失望地离开村庄之时,意外看见前边还有最后一个低矮的小院子。

红军战士们没想到在这儿遇到了救星!

这户人家的女主人名叫邱春芳。邱春芳听到敲门声,开

张掖红故事

门一看，就知道眼前站的是什么人，因为前些天村子里也来过这样的人。她四处看了一下，见没有可疑的外人，赶紧让这些红军进到了自家院里。

邱春芳是一个普通的庄稼人，兵荒马乱年月，自家也无隔夜之粮。她望着这些饥饿的面孔，当即毫不犹豫地拿出家里仅有的几个馍馍让红军战士们分着吃了，又给他们熬了一锅野菜汤，对这些弹尽粮绝的红军战士来说，这已是救命的美味了。战士们喝上了一碗热汤，都缓过了一口气。这时，邱春芳看见天色已晚，就留战士们住在了自己家中。

没想到风云突变！第二天早晨，天色刚亮，邱春芳正准备送红军战士们离开，突然听到外边响起一阵狗叫声，急忙出门一看，村子里一群敌兵正在挨门逐户搜查红军。危急时刻，邱春芳立即让12名红军藏进自家一个窑洞内的套窑里，又赶忙抱来柴草，在外间窑洞里放了一堆火，还把一些杂物堆放在窑洞门口。

转眼间，一群敌兵已凶神恶煞般闯进院里来了。这时，窑洞里点燃的柴草冒着一股浓烟，呛得敌兵们弯着腰咳嗽不止，眼睛里都呛出了泪水，根本难以走进窑洞。气恼的敌兵喝问："咋这么大的烟，你在干什么？"邱春芳平静地回答：

## 张掖红故事

"我在烧炕呀,怎么能没有烟?"

几个敌兵进不去窑洞,在院子里胡乱翻找了一阵,一无所获,就骂骂咧咧走开了。12名红军战士有惊无险地躲过了敌兵的搜捕。

敌兵离开村子走远后,邱春芳让12名红军走出窑洞,给战士们装上家里仅有的一口袋炒面,亲自护送红军战士出村走了两里多路,指了前行的路线,依依不舍地目送战士们走向远方。

## 肖永银虎穴历险

1937年初春,红西路军石窝山会议之后,总指挥部警卫连排长肖永银、总部参谋陈明义护送陈昌浩、徐向前二位首长东归。他们走出祁连山后,为了减小目标,决定分散前行。肖永银、陈明义两人离开首长后,来到山丹境内,沿着长城向东走。

那天,两人来到离山丹县城不远的一个村庄前,打算进村去讨点饭吃。远远看着,那个村子里的人家分散成两片,一处住户多些,另一处房子较少。两人商量,为了安全,决定到房子少的那边去,没想到意外遇到了一场险情。

村子里一片死寂,家家关门闭户。他们走到一户人家门前叫门,里边有个人从院墙上伸出头朝外看了看,停了一会儿才把门打开。肖永银和陈明义走进大门,忽然看见院里站着三个彪形大汉,一个拿着手枪,另外两个提着木棍。不好,看来是走错了地方!刚要转身后退,刚才开门的那人

## 张掖红故事

"砰"地从身后关上了大门。对面拿枪的那个人用枪指着他们说:"干什么的?你们是不是共产党,到这里来干啥?"

真没想到,竟是误入虎穴,碰到了当地的恶霸。这紧急时刻,身经百战的肖永银并没有慌乱,十分机灵地回答说:"我们是共产党的散兵,前两天被韩旅长捉去,看我们有病,就把我们放了,让我们回家呢。今天是路过这里,口渴了,来讨口水,行行好给碗水喝吧!"

拿枪的头目听了肖永银的话,向身边的人一摆手,喊了声:"给我搜搜!"那两个拿棍的一拥而上,从头到脚,在他们的身上搜了一遍。其时,他们身上带有几枚金戒指,都缠在陈明义的手指上,他的手指在山里被石头划破了,已经化脓,用一块破布缠住,金戒指就缠在破布里,那破布因被脓血浸透,看上去又脏又臭,搜身的家伙没想到里边会有值钱的东西,看也没看,什么也没搜到。

肖、陈二人被搜身的时候,两人表面上镇定自若,其实心里却在咚咚地跳着。他们并不怕金戒指被搜出来,最担心的是肖永银头上的破毡帽里藏有陈、徐首长写给党中央的信。为此,搜身时肖永银故意双手高举,用手遮住毡帽。哪知那家伙没搜出什么东西,心有不甘,见他有意用手遮住毡

## 张猹红故事

帽，便起了疑心，一把将肖永银头上的毡帽抢了过去，翻来覆去地看了几遍，却也没发现什么，手一甩把毡帽扔在了肖永银脚边。肖永银缩紧的心都提到嗓子眼了，正准备冲上去拼命，看到毡帽被扔在地上，顿时松了一口气。这时，那个拿枪的头目见没搜出一点东西，一无所获，就失望地转身进屋去了，另两个家伙一时不知所措，也转过身去。肖永银看到机会来了，连忙弯腰一把抓起毡帽，向陈明义喊了声："老陈，快跑！"回头拉开大门，拔腿就跑。那些家伙一见两人跑了，愣了一下，跟着也追出门去。

**张掖红故事**

　　肖永银、陈明义跑出村子，飞快地奔向野外荒滩，后边那几个家伙也没真追，跑了几步就站住了。肖、陈二人逃出险境，找到一片树林子藏起来，等到天黑才出来赶路。从那以后，都是白天隐藏，夜晚赶路，翻山越岭一路东去，后来终于回到了革命队伍中。

## 陈治国义救马世良

80多年前,山丹县陈户乡范营村有一姓陈的人家,家有耕地千余亩,房屋一百多间,家境十分富裕。这户人家的当家人名叫陈治国。这位陈治国跟别的富户不一样,家里虽然富足,他本人却甚是简朴,吃喝穿戴从不讲究,待人十分和气,对家里的雇工也很和善。他有时穿着绸衫,腰里却系一根草绳,看到路上的驴马粪,用手往绸衫大襟里一揽,就兜到树坑里为树施肥。他也很少住在家里宽敞的庭院,常年吃住在自家杏树园子里的一间小土屋里。

1937年2月,出了一件不同寻常的事。一天夜里,陈治国一个人在杏树园子里睡觉,突然被外面一阵窸窣的响声惊醒,他翻身坐起,披衣下炕,提上灯笼出门查看,原来屋门口蹲着一个冻得瑟瑟发抖的人!陈治国吃了一惊,赶紧把这人扶进屋里,在昏黄的灯光下一看,此人身上裹着一块毛毡片,腿上穿着破破烂烂的单裤,身上遍是尘土,裤子上还有

## 张掖红故事

血迹，看年纪二十岁上下，听说话是生疏的外地口音。因为连冻带饿，疲乏已极，说话只有一丝气力了。陈治国顿时心生怜悯，立即把火炉捅开，让这人坐在炉边烤火取暖，随后拿过馒头和热水让他吃喝。

　　陈治国望着这个疲惫不堪的外地人，暗自思忖，心中已明白了几分。年前，在河西这一带，红军跟敌人血战多日，从西边的高台临泽打到山里的梨园口，红军寡不敌众，损失惨重。这个带着血迹的年轻人，想必是失散的红军无疑了。陈治国心里这样想，嘴上却不说破，只问姓啥叫啥，是哪里人？那人只说自

己姓马，也没有名字，是讨饭来到这里的。陈治国便也不再多问什么，当夜让他和自己睡在一起。

第二天，陈治国让家人拿来自己儿子穿过的衣裤，让年轻人穿上，只对家人和村里的人说，在树园子里拾了一个要饭的娃子，就叫园娃子吧。从此，人们都知道陈治国家收留了一个要饭的外地娃子，叫马园娃。马园娃就在陈家住下来。

陈治国对马园娃亲如家人，跟他一起住在杏树园子的小土屋里，他吃什么，马园娃就吃什么，两人形同父子。马园娃的年龄与陈治国的几个孙子相差无几，陈治国却要马园娃叫他的儿子为哥。陈家全家上下老小看到老太爷对马园娃这样照顾，谁都不敢小看马园娃。就这样，陈治国和马园娃一起生活了四年，直到1940年陈治国与世长辞。

陈治国去世后，马园娃自行离开了陈家。他走后去向何方，陈家人一概不知。直到1949年山丹解放后，一个阳光明媚的日子，马园娃突然现身，一身军装来到陈家。这时大家才知道，当年的园娃子，原来是个红军娃，真名叫马世良！陈治国对马世良的真实身份一直严守秘密，就连他的四个儿子和九个孙子都完全不知真相。

陈治国因为收救流落红军有功，解放后，陈家庄园里的几十间房屋全都完好无损地留给了陈家。陈治国和马世良的故事，从此传为佳话。

## 深明大义救红军

　　祖籍四川的向汝沛是红三十军267团通讯员，在康隆寺战斗中失利，被敌人由张掖押解去西宁。一日夜宿三堡村一高墙大院的农户家时，善良的房主同情年小体弱的向汝沛。趁敌人麻痹大意的间隙，迅速把他推进自家的草房内用麦草隐蔽起来，并低声叮嘱他不要出声，就这样躲过了敌人的搜捕。向汝沛在草房里过了一天一夜后，主人让他出来吃了一顿饱饭。随后便打发儿子护送向汝沛到天乐河滩一带讨饭度日，后被丰乐南泥沟的农民何有普收为义子。为防敌人的抓捕，何有普便把他隐藏在土山顶上一个窑洞内躲避。

　　后来，窑洞内陆续聚集了十七八个失散红军，由于何有普家境贫寒，没办法解决他们的吃饭问题，他们便下山继续沿村讨饭乔装东返。

　　1939年5月的一天，向汝沛来到洪水城讨饭时，被驻县城的敌人抓获围圈在营房里，夜晚他趁机逃脱出来继续乞讨。后来在曹营村讨饭时，又被敌人抓获押到县城看管，遭受严刑拷打，直至昏死过去，并被割去左耳抛弃北教场后方才罢休。

时值炎热夏天，浑身是伤的向汝沛动弹不得。此时，家居县城东门外的田明安老人进城后，发现躺在北教场的向汝沛处境惨不忍睹，便返回家中，大着胆子让儿子、女儿将满是伤痕的向汝沛抬到了土地庙，一家人轮流为他端茶送饭，清洗伤口，精心照顾达八个多月。直至伤口愈合后，田明安老人又指点他到祁连山上靠挖药、背煤来躲避抓捕，

## 张掖红故事

维持生计。后来向汝沛生活上稍有宽余时，就顺便下山到洪水城看望救命恩人田明安。田明安感到向汝沛人比较忠厚老实，是个能靠得住的人，就将自己的女儿田桂芳许配给向汝沛。从此，向汝沛便定居于民乐县城。

晚年的向汝沛在回忆文章中这样写道："在我生命垂危的时候，善良的民乐人民置反动军警的蛮横于不顾，你送一碗汤，他给一件衣，使我得以生存下来。特别是田明安老人。我深深感到，没有人民就没有红军的生存。没有党的领导，没有红军的艰苦奋斗，也就没有今天的幸福生活。"

民乐人民群众大义凛然冒着生命危险营救掩护红西路军伤病失散人员的感人事迹，将同红西路军征战河西的英雄业绩共同载入党和军队的辉煌史册。

## 生死相伴战友情

在高台烈士陵园，曾有这样一位老人，从1965年到1985年，20年如一日工作生活在陵园，把烈士陵园当成自己的家，与长眠在这里的革命先烈深情相伴。一直到生命的尽头，自己也永远地长眠在这里。他就是曾亲历过长征，参加过西征，身经百战的红西路军老战士符泽攀。

在高台烈士陵园的七千多个日夜，符泽攀精心为战友们整修陵墓，为陵园平整道路，修建住房，种植树木；这七千多个日夜，符泽攀接待了一批又一批前来悼念革命先烈的人们，他一次又一次地向人们讲述红军长征中爬雪山过草地的事迹，一次又一次追忆西路军的悲壮征程和大无畏的革命精神。了解符泽攀的人都说，他是把这种讲述和追忆当成了唱给死难战友的挽歌。他说：每当夜深人静时，在陵园能听到欢呼声和歌唱声，就像部队围着篝火，战友们在尽情欢唱！

符泽攀不是土生土长的高台人，但他对高台烈士陵园有着非同一般深厚绵长的情感。他的人生经历就是一个传奇的故事，

## 张掖红故事

充满了曲折坎坷，但他心中有着坚定的信念和不屈的精神。

符泽攀是四川省宣汉县人，1937年1月，随红军部队组织沙河突围，医院遭到了敌人的猛烈攻击，人员都被打散了。带着伤病的符泽攀历尽艰辛冲出了重围，却与部队失散了。

符泽攀孤身一人一直西行，他要去高台寻找自己的战友，寻找大部队，他要回到日思夜想的连队！一路上，符泽攀风餐露宿历经艰辛，好不容易到了高台，却只能隐藏在高台北山煤矿，因为敌人正在疯狂地搜捕红军。符泽攀在挖煤工人的掩护下，一面挖煤，一面治伤。身体的伤痛他并不觉得难熬，使他痛心疾首的是从此与党组织和部队失去了联系，每一天，符泽攀心里都渴望着能找到党组织，回到大部队之中，回到自己的战友身边。

1937年5月，形势逐渐缓和，敌人对失散红军的搜捕不太紧了，符泽攀开始寻找党组织，他用挖煤挣下的一点钱作资本，办了些布匹日用杂货，在高台黑泉一带走乡串户当货郎，心里只有一个目的，那就是找到组织，回到部队！找了整整三年，却没有一点结果。符泽攀在高台羊达子与濮秀芳成家落户，成了一名普通的高台老百姓。但在内心里，他还是把自己当成革命战士，始终没有放弃过找到组织的信念。

## 张掖红故事

高台解放后，符泽攀重新参加了革命工作。1965年，符泽攀来到高台烈士陵园，他把自己一直珍藏的一把海螺号，一条毛毯，一件羊皮夹袄，捐给了烈士陵园。他也成了牺牲战友的守墓人，他觉得到了烈士陵园，自己才算真正归了队。

1986年，符泽攀与世长辞，他回到了他的战友身旁，回到了他的队伍之中，永远地归队了！符泽攀没有做出惊天动地的大事，没有担当什么职务，但他几十年如一日和自己牺牲的战友相依相伴不离不弃的事迹，和每一个红军战士的事迹一样，感人至深，流传至今。

张掖红故事

# 祖孙三代护英灵

祁连山脚下有个村庄叫白城子。1937年1月，300多名红军战士被敌人包围在这个村子里。一场极其惨烈的战斗过后，只有十多人在枪林弹雨中冒死突出重围，其余红军将士全部壮烈牺牲在这块土地上。

那场枪声彻底停止后，白城子的村民们胆战心惊地走出家门，看到村内村外躺满了红军战士的尸体，令人触目惊心。

那是何其悲壮的场面啊！村民陈德宝来到村头，望着村子战后的惨景，想到红军为了穷苦百姓，竟然如此惨烈地战死，实在令人悲痛！于是，陈德宝发动村民们为牺牲的红军收殓遗体。但是，在白色恐怖的腥风血雨下，胆小的乡亲们害怕敌人报复，多数人不敢前来。陈德宝无奈，就靠着自己的一己之力，在自家房屋旁边挖了一个很大的墓穴，虔诚地将烈士们的遗体合葬在那里。

张掖红故事

自此，年年月月，陈德宝就怀着无比崇敬的心情，赤心守护着这座无名烈士墓。岁月飞度，世事变迁，时光一年年过去，陈德宝黑发变白头，不管社会风云如何变幻，这位老人朝朝暮暮与红军烈士墓为伴，始终不渝。每一个年头，每逢节日，他都带着儿子陈榆林为烈士扫墓祭奠，一丝不苟。直到老人去世前，还叮嘱儿子一定要好好看护红军烈士墓。

解放后，村民们因为大量挖沙取土垫地，渐渐挖到红军烈士墓周围。陈榆林看到这情景，心里十分着急，为防止烈士墓遭到破坏，他一遍遍及时地劝阻村民，告诉大家说，这墓里埋葬的全都是红军先烈，他们为了我们的翻身解放，牺牲在我们这片土地上，我们决不能破坏烈士的安宁。村民们听到劝说，都不再到这里挖土，烈士墓得以完好地保存下来。

数十年来，为了守墓方便，陈家一直居住在离村庄一里多远的独院里，其间几次翻修房屋都在原地进行，没有搬到居民点街道上。一家人朝夕陪伴着红军的英灵，守护着烈士墓完好无损。

1963年，陈榆林的儿子陈宗新出生，这是陈家的第三代人了。自从陈宗新记事起，每逢三月清明、七月十五和腊月三十，陈榆林都像当年父亲带着他给烈士扫墓一样，要带

**张掖红故事**

（先烈们，又是一年清明节，我们来看你们了。）

烈士之墓

着儿子陈宗新去烈士墓前扫墓，清除杂草，烧钱挂纸，祭奠英灵。

陈家赤诚守护红军墓，从爷爷陈德宝、父亲陈榆林到孙子陈宗新，已长达75年。陈家守护英灵的传统，还将一代一代传下去。

## 铁钉九连

红西路军的英勇奋战史上有一个连队,他们以钢铁般的意志书写了一段不朽的传奇。他们苦守倪家营子大碉堡两天两夜,用130余人的兵力牵制了敌人两万余人,为主力部队战略转移赢得了时间。这个连队就是被称为"铁钉九连"的红三十军88师263团第9连队。

1937年初,倪家营子的天空阴霾笼罩,红军三十军在临泽倪家营子与6万多敌人对峙月余,打退了敌人无数次的进攻。

虽只是暂时的息战,9连连长杜万荣仍不敢掉以轻心,抬眼望望被烧成灰烬的房舍、被炸的面目全非的村庄和身边战壕里疲乏至极的战友,心情无比悲怆。自西渡黄河以来,战士们缺水少粮、无医无药,不仅要和极度严寒作斗争,还要时刻准备与敌人死拼。这不,枪声刚一停止,就有战士们倚着战壕睡着了,顾不得冻得红肿的手脚,流着鲜血的伤

## 张掖红故事

口。杜万荣心痛啊，握紧拳头在墙垣上狠击一拳，暗下决心：就是流尽最后一滴血，也要和敌人血拼到底！

这时，杜万荣突然接到命令，要求他带领9连马上出发，占领倪家营子的前沿阵地大碉堡汪家墩，并坚决固守直至我主力部队成功转移。别看这支看上去衣不遮体、食不果腹、伤痕累累、疲惫不堪的队伍，一听到打仗，立刻精神抖擞，怒目圆睁，齐声高喊："人在碉堡在，誓与碉堡共存亡。"这声音，震撼山谷，冲入云霄，是战士们与敌人血战到底的铮铮誓言！

9连要占领的汪家墩是一个足

有四丈多高的方形大碉堡，它笔直地竖立在东山脚下，紧紧地卡住险要的山口，是倪家营子的重要据点，也是全军的咽喉。为掩护主力部队，有效遏制敌人的攻势，杜万荣带领9连战士迅速在碉堡内掏枪眼，挖掩体，修建工事。不一会，伴随着密集的钢炮声，敌人的步兵就从四面八方向碉堡围来，炮弹在鹿寨里爆炸，火也在鹿寨中燃烧，枪弹不断地从战士们头上呼啸，敌人扛着云梯慢慢贴近了碉堡。9连的子弹只剩下70多发，手榴弹也不多，为节约子弹，杜万荣和几名战士尽量用红缨枪从枪眼里往外捅敌人。敌人的一颗炮弹把碉堡顶盖揭去了，杜万荣和十几个战士全被炸得血肉模糊，埋在了泥土下面。杜万荣满身是血地从土里钻出来，大声往楼下喊："喂，兄弟们，谁还能战斗？"楼下十几个伤员听到喊声后都爬上楼来，再一次投入了战斗。这时，仍然有冒着烟的手榴弹不停地扔进来，都被杜万荣又扔了出去。

坚守战从上午一直打到太阳落山，又打到天边露出鱼肚白，杜万荣的连队弹尽粮绝，连三支红缨枪的枪头都秃了。杜万荣让战士们拆下炮楼内的砖头，居高临下，用砖头回击敌人。随着炮火的猛烈轰击，炮楼一层一层地被揭去，敌人的步兵不停歇地蜂拥而来，用麦秸和煤油，将碉堡围困在一

**张掖红故事**

片火海当中。

两天两夜的时间里，敌人用炮轰、兵围、火烧，发起十余次进攻，始终没能迈入碉堡一步。头部负伤的杜万荣和战士们顽强地坚守着碉堡，与敌人近身肉搏，把263团的军旗牢牢地插在了阵地上。直到红三十军政委李先念率领部队前来解围时，9连130多人仅剩下8名伤员。李先念对9连顽强的战斗精神予以充分肯定，对杜万荣说："你们打得好，敌人用炮打，没有打垮你们；敌人用重兵围，没有围垮你们；敌人用火烧，没有烧垮你们。你带的这个9连真像铁钉一样，钉在自己的阵地上！"

从此，"铁钉九连"的传奇故事便在部队中传开了。

## 红军硖口除恶

　　1936年11月,红西路军先头部队进抵山丹硖口。红军部队进入硖口后,多数官兵驻扎在硖口学校,军部机关设在当地大户人家丁居成的院子里。

　　起初,地方上的人对红军的到来都非常害怕,因为在老百姓的心目中,当兵的都是凶神恶煞,见了老百姓不是抓丁,就是劫财。红军部队一到这里,就向群众展开宣传,让老百姓知道共产党领导的红军是穷苦人的军队,是抗日的队伍。地方上的老百姓看到这支部队说话和气,用了百姓的粮食衣物都要付钱,早晨起来还打扫街道和院落,帮助老百姓劈柴担水,的确是爱护百姓的好队伍,很快便赢得了城内群众的信任。

　　当时硖口城里有几个来路不明的外地人,在地方上为非作歹,欺男霸女,祸害百姓。红军进驻硖口后,得知此事,便密切关注,绝不能让这些坏人祸害百姓,一定要为民除

**张掖红故事**

害。一天，那些人又在街上横冲直撞，公然抢劫百姓财物，被红军战士当场抓获，从他们身上搜出二十多块大洋。红军盘问他们的来路，几个人都支支吾吾说不清楚，气焰还极为嚣张。程世才军长知道了这事，亲自过问处置，看到这几个家伙如此猖狂，便即刻下令，把几名恶徒押到硖口外枪毙正法，为地方除了一害，也大振了军威，硖口的百姓齐声称赞红军真是穷苦百姓的队伍！

过了几天，红军撤离硖口后，敌人卷土重来。这时大家才知道，那几个被红军处决的歹徒，原来是敌人派来的奸细。敌

人听到了这事，不觉恼羞成怒，军官听说红军的军部设在当地大户丁居成家里，就硬说丁居成投靠红军，把丁居成捆吊起来毒打，最后敲诈了一驮子白银用一匹骡子驮走，还强行抬出丁居成老两口为自己准备的两口棺材，埋葬了那几名被红军处决的奸细。

　　这件事过后，硖口的百姓更加明白红军和敌人的天壤之别，更加痛恨敌人，拥护红军！

张掖红故事

## 一杆红缨枪

高台县巷道镇东联村有一户人家家里珍藏着一杆当年红军用过的红缨枪，至今已经保存传承了五代人，这家主人对这杆红缨枪视若珍宝，爱不释手，形影不离，看得比生命还重要，除了他每天持枪习武外，还是教育子孙的最好"教具"。这位老人名叫李浩仁，今年已经80岁了，说起这杆红缨枪的历史比老人的年龄还要大，其来历不同寻常，故事还得从他父亲说起。

1937年1月20日凌晨，敌人调集大量火炮和2万余兵力从四面围攻高台县城。当时，守城红军只有3000多人，战斗由外围阻击到坚守城楼，最后转入城内巷战，打得十分艰苦惨烈。红军官兵冒着敌人的炮火坚守阵地，毫不退缩，浴血奋战，誓与高台共存亡。红五军从1月12日一直打到1月20日，与近十倍于己的敌人浴血奋战8昼夜，终因寡不敌众，弹尽粮绝，增援失利，高台城沦陷敌手。军长董振堂、政治部主任杨克明及2800多名将士全部壮烈牺牲。

东联村原名胡家东湾、胡家寨子，历史上曾因嘉庆年间勇揭皇榜，不畏强暴，杀敌灭寇，铲除恶霸土匪有功而受过皇帝的圣旨封赐。高台战斗结束后，李浩仁的父亲进城打探情况，一进城门只见大街小巷都是死人，还没走到现在的大什字路口，就被吓得折转回头，跑到西关城门被敌人挡住不让出城，提出条件："要想出城，每人必须背走两个死人，否则休想出城！"

无奈之下试背了几下，一个人怎么也背不动，这时李浩仁的父亲发现旁边有一

## 张掖红故事

位牺牲的红军手里握着一杆沾染鲜血的红缨枪，他急中生智就将红缨枪杆一折两段，两人用它抬起死人，完成任务后才出了城，随之把半截红缨枪也带回了家。

事后，敌人又到村上抓人去拉死人，李浩仁的父亲也在其中，寒冬腊月村民们赶着大轱辘车拉了3天，在苦水口子处挖了个大坑把死人埋了。老人亲历了这场让人痛心的灾难，从此心里深深埋下了牢记历史、永不忘本、珍惜今天幸福生活的种子。

1940年李浩仁出生了，父亲从小就把红西路军的故事和红缨枪的来历讲给他听，到他12岁时，父亲就把这杆红缨枪转交给他，并嘱托："这杆枪上记载着当年红军血战高台的历史和红军英勇献身的精神，你要把它作为革命的传家宝，世世代代传下去，任何时候都不能丢弃！"李浩仁从父亲手里接过红缨枪后牢记嘱托，像对待生命一样，细心珍藏，到八十年代老人给折了的红缨枪换了枪杆，把枪头擦亮，又配装了长长的红缨花，从此把它带在身边作为"红色教具"教育儿孙后代。

当纪念馆的人员慕名前来他家考证，提出"根据老人讲述的经历，可以基本确定红缨枪是从当年红军手里得到的，

张掖红故事

至于是不是革命文物还要请文物专家来鉴定"时,老人毫不迟疑地回答:"这都不重要,重要的是我要把它作为传家宝一直传下去。听我父亲讲,过去那么穷,没饭吃,要过饭,解放后党和政府给我家分了16亩地;红军来了,冬天穿的是单衣草鞋,冰天雪地里打敌人,为了谁?""再说咱东联村现在土地村上集体流转承包,村民每年从流转入股中还有分红,老人按年龄段享有不同的补助金和免费牛奶。现在和过去相比多幸福。"老人不停地重复:"红军的精神不能忘,共产党的恩情不能忘,今天的幸福生活是怎么来的不能忘!"说话间老人眼里满含着泪花,手里紧握着那杆红缨枪。

# 临泽保卫战

1936年12月底,西路军先头部队红五军越过张掖,占领了临泽县城。为了让伤病员们有一个疗伤休养的安定环境,改善生活条件,供给部、卫生部和总医院也开到临泽县城驻扎。县城虽然不大,但城墙完整,住着一百多户人家。虽生活清贫,但通过宣传革命理念,看到红军的实际行动,人民群众都热心帮助,腾房子、卖粮食给红军,慢慢地和红军亲近起来。

刚驻扎不久,敌人派了两个团的兵力围攻县城,但守城作战的只有两个警卫排共60多人和少数干部,其余的都是伤病员、卫生员和炊事员等后勤人员,而且绝大部分是女同志,武器装备也不足。

为坚决守住这座小城,不让一个敌人攻进来,全体红军战士纷纷表示:就是流尽最后一滴血,也要保卫伤员安全,守住小城。

## 张掖红故事

任务分配后，大家积极进行战斗准备。构筑工事，制造子弹和手榴弹，一面打造刀矛。女同志没有枪，只好自备武器，把石头、砖头一筐一筐地往城墙上抬，准备用来打击敌人；有几个女同志还把老百姓的石碌子也抬到城墙上，用来对付敌人的云梯。

离天亮还有一个多小时，城外远处忽然传来了喧嚣声。随着火光闪烁，枪炮声就响了起来。敌人打了约有十分钟，看着城上城下没有动静，便开始冲击了。在敌人冲到城下准备攻城时，红军的手榴弹纷纷投下，打的敌人措手不及，城墙上的战士用砖头、石头砸向爬梯子的敌人。几个刚爬到城头的敌人，也被女同志用木棒和长矛赶下去了。这样的战斗，持续了好几天。敌人又转变战术，企图用猛烈的炮火摧毁城墙，再从打开的缺口冲进来。守城的红军便集中火力，向缺口处打，向烟雾里打，砖头石头也一个劲地往下砸，把爬上来和冲进来的敌人统统打退。

为了阻止敌人的再次猛攻，所有战士紧张地进行战备工作，老乡们也自发把家里的铜铁器物和废铜烂铁送到兵工厂，帮助红军一起坚守家园。

天刚刚亮，敌人又是一阵猛烈攻击，红军沉着应战，打

## 张掖红故事

退了敌人的进攻，敌人的军官着急了，大喊着"投降、缴枪"，但被红军一次次打退。城墙上到处是刀光剑影，喊杀声响成一片。

正在危急时刻，突然城外响起了密集的机枪声和步枪声，城下的敌人纷纷败退，原来是驻在刘家墩等处的红五军的同志们来援助，看到援兵，城内士气大增，对登上城头的敌人展开反击，很快就把他们消灭了，红五军也把城外的敌人打跑了。

所有战士发扬红军艰苦奋斗，英勇作战的精神，顶住了敌人两个团的进攻，保卫了临泽县城的安全。

## 铁的纪律

在一次战斗中，红军围歼了一支敌人的骑兵部队，缴获了一批好战马。战马都送到总部驻地旁边圈起来，徐总指挥决定以此为基础新组建一支红军的骑兵部队。这天下午，警卫员小霍、小李去观看这批战马，发现战马个个矫健、彪悍。小李回头再看看自己的坐骑，骨瘦如柴，简直没法比。这时，小霍悄悄对小李说："这些马好，咱们偷偷地换一换吧。"小李想着因为自己的战马又小又瘦，平常跟随首长行军很吃力，经他这么一说，也动心了，觉得是个好主意。两人一拍即合，立即换了战马，没有想到这竟然是严重违反军纪的行为。

徐总指挥和陈政委知道了这事，小李和小霍马上被叫到了他们面前，室内气氛十分严肃紧张。面对着两位首长的亲自盘问，小警卫员们赶紧一五一十地把偷换马匹的事实说出来。陈政委大发雷霆，说要以军法处置。两个小警卫员这才

## 张爬红故事

明白，偷换骑兵马匹意味着什么，特别是在当时极端困难的时候准备组建骑兵部队，这就更不可饶恕。

"你们这两个小家伙，人还没长大，胆子可不小呀，竟敢私自调换马匹。你们不知道这些马是给骑兵师打敌人用的吗？在总部首长身边工作，连纪律都不懂，还得了吗？"徐总指挥既严肃又亲切地说："我们是革命的队伍，每个人不论职务高低，年龄大小，都要严格遵守革命纪律。没有纪律的军队就像一盘散沙，是不能打胜仗的。在总部工作的同志尤其不能搞特殊，任意违反军纪。你们自

己看，这事怎么办吧！"两个小警卫员吓得答不出话来。徐向前和陈昌浩交换了一下眼色，便说："到警卫营蹲禁闭去！用不着派人押送，你们自己去！"

听了这句话，两个人恭恭敬敬地鞠了一躬，来到警卫营向营长作了报告："我们犯了错误，总指挥叫我们来蹲禁闭。"在红四方面军中，蹲禁闭是很丢人的事。

这件事对部队影响很大，一传十，十传百，大家都知道首长的警卫员偷换战马被关禁闭了。严肃红军纪律，对大家是个警醒，更是红军优良作风，军纪严明的真实写照。

## 离别石窝山

1937年3月14日拂晓时分，西路军总部机关跟随红九军200多人先行，红三十军担任后卫，经过毛牛山，边打边撤，来到康隆寺。正准备买些粮食烧饭，敌人的骑兵就追上来了。

李先念、程世才同志率领红三十军战士在后边死死阻击，只是敌人太多，来势凶猛。这时，来不及撤上山的红军战士，在山沟里同敌人展开了拼杀、搏斗。敌人愈聚愈多，到处都是敌人，他们疯狂追击红军战士、伤员和妇女同志。这时，山上的同志们用石块砸下来，后边的敌人才四散退去。

当晚，各部队即根据石窝会议的决定，分头行动。红三十军政委李先念和代军长程世才、政治部主任李天焕等首长，率领的以红三十军千余人组成的一个支队，向南行动，李卓然主任和西路军工作委员会的大部分同志随行。根据会

张掖红故事

议的安排，要把一些重伤员就地留下，派一部分同志照顾他们。李卓然、李先念等领导同志，逐一与这些留下的同志谈话，做思想工作。在石窝顶上分手前，部队搜集了仅存的一点点青稞麦，煮了几锅汤糊糊，大家喝了一顿，趁着深夜开始行动。

这时，那些负伤的同志都含着泪向首长们提出一个要求：他们什么也不要，只要求能给一个组织关系的证明，只要不死，就一定要回到党的怀抱。由于情况紧急，无法一一书写，最后给大家规定了联络暗号，同志们才

**张掖红故事**

忍痛分开。

开始行动后，李卓然主任交给警卫员两样东西：一斤多黄金和三个密电码本子。他轻声而严肃地交代："这两样东西，特别是这三个本子就是你的生命，一定要保护好，你人在东西在！懂吗？"警卫员知道这点黄金是部队唯一的钱财了，至于那三本密电码，更是重中之重。警卫员坚定地回答："报告主任，懂了，保证人在东西在！"

茫茫的黑夜每个同志都是热泪盈眶，同志们紧紧握住对方的双手，深沉地互相勉励道别。直到同志们完全消失在黑暗里，才迈开步伐，默默地向着那无际的黑夜，向着那渺无人烟的祁连山的深处前进。

## 红军夜袭西二十里堡

1936年11月27日，驻扎在山丹县城的红五军第13师，接到军长董振堂命令，命令13师在师政委谢良和师长李连祥的带领下，袭击驻扎在山丹县城西北二十里堡（今东乐乡静安村一社一带）的敌人，给敌人以震慑。

为了确保袭击成功，有效地打击敌人，红五军军部还给13师加配了一个迫击炮连参加战斗。接到命令后，战士们纷纷做好战斗准备，整装待发。

这天夜里，13师的战士们在师政委谢良和师长李连祥的带领下，利用黑夜的掩护，以急行军的速度，很快到达二十里堡。师政委谢良和师长李连祥命令战士们悄悄接近敌军阵地后埋伏，等战士们全部到达战斗位置后，师长李连祥首先命令迫击炮连向敌军发射炮弹。

敌人做梦都没有想到几十里外的红军，已经人不知鬼不觉来到了二十里堡。正在睡梦中的敌人在毫无防备的情况下

### 张掖红故事

突然遭到炮弹的轰炸，顿时人喊马叫，陷入一片混乱。只听见到处在喊："快，红军来了！红军来了！"敌人摸不清到底来了多少红军，红军都在哪里，也不敢贸然出击，只能拿着枪像无头苍蝇四处射击。

就在这时，负责侦察的红军回来报告，他们找到当地一位老乡，向老乡了解了驻扎在二十里堡敌人的情况。根据老乡的描述，侦察人员判定驻扎二十里堡的敌军不是他们原来掌握的一个团，而是一个骑兵旅。他们得知这个消息立刻赶回来给师政委谢良和师长李连祥汇报。

张掖红故事

根据情报，师首长们客观进行了分析，知道敌我兵力悬殊，敌人是被突然的炮火打蒙了，暂时还没有掌握红军真实情况，一旦天亮，敌人就会明白过来。师政委谢良和师长李连祥经过商议后，下令再次向敌军阵地进行炮击，并用步枪射击、用机枪扫射，把敌人打得晕头转向。下半夜，师首长便命令红13师官兵迅速撤出战斗，并带领部队回到了山丹县城。

这次袭敌成功，红军没有任何伤亡，战士们士气高涨，走起路来步伐整齐有力。董振堂军长亲自前来迎接他们，看到部队这样的精神状态很高兴。师政委谢良向他汇报了部队战斗情况后，董振堂军长说："你们打了敌人一顿，教训一下也好，以后再找机会狠狠教训敌人！"

张掖红故事

## 红五军血战隘门滩

1936年11月30日,阴霾笼罩着山丹县城,敌人三个骑兵旅、一个步兵旅、一个山炮营一起向山丹城东北角发起猛攻。守卫山丹的红五军军长董振堂面对强敌的进攻,镇定自若,沉着应战。他命令43、45团和随营学校组织火力坚守山丹城。为了保存实力,机动作战,留37、39团集结城内待命,伺机出击迎敌。守城战斗开始后,敌人仗着人多势众,气焰十分嚣张,杀气腾腾地向山丹城轮番进攻,城外人喊马嘶,密集的枪声和手榴弹爆炸声交织在一起。这时39团参谋长饶子健到各连队检查战斗准备情况,每到一个连,战士们都纷纷围上来,急不可耐地说:"参谋长,赶快让军长下命令,让我们上吧,兄弟部队在那里打,我们在这里听枪声,这种'清福'我们享不了!"饶子健安慰大家说:"请同志们尽管放心,我们39团该在什么地方用,军长早有打算,现在我们的任务是抓紧时间休息,抓紧时间准备!"就这样,

战士们的情绪才稳定下来。

而此时，守城的战士们正以城墙垛口为依托，顽强固守，用步枪和手榴弹等武器，打退了敌人一次又一次的进攻。激烈的战斗进行到第三天下午四时许，集结待命的红37、39团的战士奉命从县城东门出击。嘹亮的冲锋号吹响了，两个团的战士像下山的猛虎，在机枪的掩护下杀向敌群，围城敌军的威势一下子被压下去了。在红军的突袭下，敌人惊慌万状，阵脚大乱，四散奔逃。红军战士乘胜出击，紧追不放。39团的战士们追过长城之后，在团长、政委指挥下，又追出五六百米远，占据了一道沙梁。这时，37团政委周畅昌走上沙梁，用望远镜观察敌情，突然与身边的警卫员一起倒下了。原来敌人的一颗子弹飞来，同时穿透了他们两人的大腿。39团参谋长饶子健忙叫卫生员为二人包扎后，背下阵地。

就在这时，远处扬起一片尘土，原来是敌人的骑兵向红军反扑过来。饶子健看到红西路军追击敌人过远，给了敌人反扑的机会；同时，红军缺乏对敌骑兵作战的经验，当时已处于孤立无援、无险可守的困难境地。于是他大声下达了命令："同志们，敌人过来了，准备好和敌人决一死战！"敌骑

**张掖红故事**

兵冲入红西路军阵地后，挥舞马刀横冲直撞疯狂砍杀。红军战士猝不及防，仓促应战，在尘烟里与敌骑兵厮杀，战斗打得十分惨烈。37团团长李连祥在率部与敌拼杀之际，不幸被敌人一个骑兵砍中头部，当即壮烈牺牲，37团也基本被敌骑兵冲散。正在万分危急之时，站在东门城楼上指挥战斗的军首长董振堂发现险情后，当即命令45团两个营火速出城增援，掩护出击部队撤退。45团的战士们，瞄准敌人骑兵射击，敌人与战马一个接一个地栽倒在地上，这才一举击退了敌骑兵的反扑，使出击部队转危为安，安全撤回。

## 张掖红故事

　　这次战斗,红军给了敌人以重大杀伤,但自己也付出了惨重的代价,红西路军伤亡约三四百人。如果不是董振堂军长指挥沉着、果断,我出击部队将会有全军覆没的危险。

张掖红故事

# 周家磨大义助红军

1936年的冬天，天气异常寒冷。有一天，一支衣衫褴褛的部队进入了山丹城，这支部队的人穿着灰色的衣服，帽子上顶着一颗红五星，人们说这支部队叫"红军"，奇怪的是这支队伍看起来穷困，但从不抢老百姓的东西。

刚开始，地方上的老百姓对红军还存有戒心，不敢接近。后来，百姓发现红军跟经常来的敌人不一样，不但不打人，不骂人，不抢人，而且还帮助群众，保护群众，宣传抗日。不久，大家便知道了正如红军宣传的一样，这是一支老百姓的队伍。百姓对红军有了好感，愿意帮助红军，为红军做事。

红军进城后，为了方便磨面，就悄悄派人出城，在离城不远的城外东南角和"周家上磨"周姓人家取得联系，协商周家能否给红军加工面粉。周家人在红军进城不久，便听到这是一支对老百姓亲善的部队，都认为这支部队是仁义之

师，就痛快地答应给红军加工面粉。

因"周家上磨"在城外，敌人经常与山丹城的红军发生激战，要给红军加工面粉，就要冒生命危险，但"周家上磨"的周姓人，还是偷偷地给红军加工面粉。红军的到来，增加了磨坊的工作量，磨是白天黑夜转个不停。敌人为了饿死困死红军，实行坚壁清野，严密监视群众，不让群众帮助支援红军。

不久，敌人发现，自从红军进城后，周家上磨日夜不停地转，就怀疑周家上磨有可能给红军加工面粉，于是敌人决定烧掉周家上磨，断掉红军的吃粮。

有一天早上，天气很冷，西北风呼呼地刮着。敌人从南面杀了过来，站在城墙上的守卫红军很快发现了这一敌情，在敌人还没有到达城门口时，便被红军城头上的机关枪堵在了原地，顿时枪炮声和厮杀声响成一片。

小东门住着的几户周姓人，听到枪声，早早都躲到小东门二坝沟坑涝地的窑洞里，吓得不敢出来。

晌午过后，等枪声小了，有几个胆大的到洞外看情况。只见周家上磨火光冲天，便大喊"周家上磨着火了"。磨主周应中一听着了急，不顾一切率领几个年轻人，向着火的磨

123

## 张掖红故事

坊冲了过去。当时正刮着西北风，火势在西北风的助力下更加凶猛。

红军看到磨坊着火了，断定是敌人在搞破坏，为了保护群众财产，部分红军从城门里冲出来，端着机关枪，向敌人猛烈扫射。跑在前面急于想去救火的磨主周应中，不幸被流弹打穿了下颌骨，当场倒地，血流不止，说不出话来。

这时打退敌人的红军，也冲到了着火的磨坊前，准备救火。但由于风大火势猛，火已经无法扑灭了，两间磨坊顷刻间被火吞噬。

红军看到躺

张掖红故事

在地上痛苦呻吟的周应中，听到旁边的人说是磨坊主人。其中一个红军说："快，不要站着了，赶紧抬到城里去抢救。"

跟随周应中来抢救磨坊的后生周应顺、周应强、姚大强等几个人，看到这种情形，急忙找到一块破门板，把周应中放在门板上，匆匆忙忙抬着跟上红军就进城去抢救。当时红军正和敌人开战，很多红军受伤，躺了一地伤员。加上红军医疗条件差，医务人员少，等到抢救时，周应中已因流血过多而死亡，就这样，年仅二十五岁的周应中为帮助红军，保护上磨献出了年轻的生命。

张掖红故事

# 一件褐布长衫

　　1936年寒冬的一个夜里，冰雪夹杂着寒风，孤寂的夜晚使山丹祁店村更显得空旷，远处偶尔传来的狗叫声，稀疏而又慵懒。孙大娘一家刚准备休息，只听见外面传来咚咚的敲门声，"有人在吗？"一个女人的声音。

　　孙大娘下了炕，穿上鞋去开门，"这么晚了，谁呀？"

　　"大娘，开开门吧，我们想讨碗水喝。"在屋里微弱的灯光照耀下，透过门缝，孙大娘看见门前站着一个20岁左右的姑娘。

　　看见是一位姑娘，孙大娘就爽快地打开了门，开门后才发现她身后还有几位，看她们的衣着和身上背着的枪，就知道她们是在山丹城里和敌人打仗的红军。

　　"快，快，快点进来……"孙大娘打开了门，让她们全都进去。随即向外探了探身，又关紧了大门。

　　"大娘，谢谢您，我们这里有几个伤员，需要换换纱布，

你给口水喝就成。"那个红军女战士说。

"炕上坐，我给你们取碗，这么冷的天，这不是造孽么。"大家都很有秩序的喝水的喝水，换药的换药，谁都没有留意孙大娘出了屋。

就在大家喝完水，给伤员换完纱布，准备给孙大娘道谢告别的时候，大家才发现大娘不在屋里。战士们你望望我，我瞅瞅你，顿时提高了警惕。

"吱呀"门开了，大娘满身寒气地走进来，怀里抱着个用芨芨草编制的筐，里面是一个布袋子和一些干馍馍。"都愣着干什么，水喝完了吗？""你们这些姑娘真让人心疼啊。"说着就给她们递吃的，馍馍发完了，又拿了碗给他们挖袋子里的炒面。

红军女战士在得到领导的示意后，一个个狼吞虎咽地吃了起来。

"咚咚咚"有人敲门。孙大娘向外看了看，警觉地说："你们吃，我去看看。"

不一会儿，就跑进来一名小红军，他向屋里一名受伤的红军说："敌人追过来了，连长命令，迅速西行。"这个小红军是她们进门前，安排在门外的岗哨。

## 张掖红故事

"大娘，这个您收下。"其中一位年龄稍长的红军女战士，双手递过一个小包袱。

"可怜的姑娘，你们留着用，我一个老太太还要这个做什么？"大娘推辞地说。在大娘推辞的时候，其他红军女战士都已经背好枪，匆匆忙忙地出去了。

"大娘你收下吧，这个就算是感谢你的。"说完红军女战士放下东西就快速走出了门。不一会儿，一群人就消失在了茫茫夜色中。

远处，传来"汪、汪、汪"的狗叫声。孙大娘回到屋里，借着灯光，打开包袱

一看，里面是一件有盘扣的褐色长布衫，摸上去手感软软的。孙大娘拿着这件长衫久久没有说话。

从此以后，这件褐色长布衫便成了孙大娘的宝贝。

张掖红故事

## 替我们活下去

　　康隆寺战役过后，王明友随着几个比他年长的战友经过与敌人的多次生死较量，才在一个漆黑的夜晚突围出来，但却与大部队失去了联系。几个人在一个漆黑的夜晚悄悄地走进了一家荒废的院落里，这家的房子有部分墙已经倒塌了，家里的人早已不知去向。王明友他们几个走进屋，就在破屋里找了个靠墙的地方，安置伤员们先坐下休息，几个伤员的伤口在突围中又重新流血不止，大家给他们重新进行了包扎，年长的几个商议着如何去寻找大部队。考虑到伤员的伤势和体力，最后决定休息半个时辰后出发追赶大部队。

　　就在大家抓紧休息的时候，敌人就像夜狼一样，闻着血腥的鼻子嗅了过来，一步步逼近了他们的休息地。

　　门外的岗哨发现了探头探脑的敌人，刚要鸣枪示警，就应声倒在了敌人的枪口下。枪声惊动了破屋里的红军，"敌人来了！准备战斗。"大家迅速找好有利位置，聚精会神地

注视着前方，静听着屋外每一声动静。

刚刚作好战斗准备，外面便传来敌人的喊话声："里面的人听着，你们已经被包围了，放下你们的武器，我们饶你们不死！"

有一位稍年长的老红军听到这嚣张的喊话声，慢慢举起枪瞄准，在又一次喊话声刚刚响起时，子弹出了膛，随后外面传来"哎哟，哎哟……"的叫声。随即便有无数的弹药倾泻到破屋中。听着外面密集的弹药声，战士们便知外面来了多少敌人。他们知道，这一次他们是再也无法摆脱敌人了。最年长的红军对大家说："我们当中必须要有一个人活下去，纵使跨越千难万险也要找到党中央毛主席，跟着党继续革命，将来一定要打败这些走狗和恶狼，给这里的人民带来光明！"

大家纷纷点头，老红军的话感染着每一位红军战士，那股强烈的革命意识感染了每一个人，大家都坚定了与敌人血战到底的决心。

最后一致决定保护年龄和个子最小的王明友活下来，他们认为，只要活着一个，他们为之奋斗的理想就有希望。大家各自把自己的介绍信和贵重物品都交到王明友手中，并叮

## 张掖红故事

嘱他:"你一定要活下去!把革命进行到底!找到党组织了,把这些东西交给党组织。"说完,王明友被几个伤员硬塞进了这家取暖用的大灶房的灰洞里。为防万一,伤员们又在灰洞口堆了些杂物。

敌人越来越近了,他们的弹药不多,为了消灭更多的敌人,不浪费一颗子弹,战士们只能等敌人靠近的时候瞄准射击,子弹打光了,仅有的几个手榴弹也打完了,战士们一个个倒了下去。王明友趴在灰洞里,听着外面的枪声,他很想跳出去跟敌人拼了,但是那一份份沉甸甸的嘱托,压得他只能一遍遍告诫自己:"为了战

友们，我不能动，我一定要把这项艰巨的任务完成！"他焦灼地等待着，直到外面的枪声渐渐稀疏到停止。

敌人退去了，王明友从灰洞里爬出来，他望着满屋子的尸体，敌人在几位死去的战士身上都要劈上几刀，有几位死去的战士还大睁着眼睛。王明友回想着经历的这一段岁月，心中悲痛万分，感觉自己像失去母亲的孩子，无奈无助，他自责自己的软弱和胆小，自责自己没有与战友们一起拼到最后。

王明友抑制着满腔怒火，心中牢记着战友的嘱托，用针线将那一份份证明缝进衣服里。擦干眼泪走出了屋子，慢慢消失在东方黎明星闪耀的夜色中。

张掖红故事

## 坚守敌后 9 个月

1937年初，西路军经高台、临泽一线浴血奋战，西路军军政委员会决定精简机关，充实基层战斗单位，中央指示，要西路军大力开展地方工作，配合红军的作战行动，因此决定在张掖一带成立三个地方党委：一个是甘州中心县委，一个是高抚县委，一个是山永县委，后面两个县委受甘州中心县委统一领导，并指定吴建初为甘州中心县委书记，岳太华同志任组织部长，阮自强同志任宣传部长，一位张姓干部任民运部长。后又派来李天义同志，并从部队抽调了甘肃籍战士6人参与工作。这样就组成了甘州中心县委，当时是武装工作队。

徐、陈两位首长指示：山永县委，负责山丹和永昌两县的工作。高抚县委，负责高台和抚彝（即临泽）两县的工作。中共甘州中心县委，负责张掖和民乐两县的工作，并统一领导山永县委和高抚县委。甘州中心县委和山永、高抚两

张掖红故事

县委的主要任务是宣传群众,组织群众,开展地方工作,配合西路军的军事斗争。徐、陈两位首长谈完话后,西路军保卫局袁立夫科长留下了一些经费以及联络方法和联络地点。

　　1937年2月的一天,一行十几人从倪家营子出发,趁着夜幕一直向东走,在天亮时到达黑河口龙王庙,在那里住了一天,了解了当地情况。鉴于南方人的口音问题,在平川地区无法隐蔽,因此决定先到南山,借助那里的煤窑进行隐蔽,开展工作。当夜到了灰条沟,从那里的煤窑开展工作。向背煤的农民和拉煤的群众宣传党的抗日政策和

135

## 张掖红故事

红军宗旨，揭露敌人的残暴罪恶。经过一段时间的工作，在煤窑的群众中站住了脚，建立起了活动的根据地。为流散的同志提供基本补给。

敌人经常出来搜山，所有人就躲在煤窑里，等敌人走后再走出来。煤窑上有个叫王泽喜的，家住大满堡附近，家境贫寒，经过教育，热心为组织办事，敌人每次搜山后，都让他下山摸敌情，成了中心县委的联络员，后来把他发展为党员。根据形势的发展，中心县委亦准备向平川里开展工作。组织派王泽喜和李天义来到王家，作为秘密根据地，后来又搬到他岳父温和太家，还有给温家干活的红军战士金子荣，扩大了组织队伍。

大满堡经过秘密串联，先后发展了王泽喜、潘发生、王克勤、阮文章、阮文云等一批甘州籍早期党员。千方百计营救流落失散的红军将士，先后营救了西路军作战参谋陈明义和警卫排长肖永银等，使他们重归部队。1937年8月至11月，中心县委在内外交困的不利情况下，剩余人员分批转移，在福音堂医院高金城的帮助下，经兰州八路军办事处辗转回到延安。自此，中心县委被迫中止其历史使命。甘州中心县委从建立到停止工作，历时约9个月。

## 甘浚堡突围

1936年12月下旬，红西路军从永昌出发，向张掖以西进军。

出发前，徐向前总指挥召开机关干部会议，给大家讲西进的问题，他说：红五军火力强，从北路出发，进驻高台县；红九军从南路走，进驻临泽；总部跟红九军前进；红三十军殿后，进驻倪家营子。

西进途中，供给部的部队押有300匹骆驼组成的骆驼队，驮着弹药和物资西行，队伍拉得很长，但保卫力量太弱，结果途中被敌人截住，把东西全部抢去了。弹药丢了，部队作战遇到了很大困难。首长们告诉战士们说："同志们，我们是党的军队，是铁的红军，没有弹药也要歼灭敌人，大家要树立胜利的信心！"

转移到张掖南乡，总指挥部和政治部驻扎在甘浚堡。红西路军刚到，住处还没安排好，敌人的四个骑兵旅就追来了，驻

## 张掖红故事

扎在寨子四周，把红军包围起来，开始进攻。战斗打了一天，敌人就是不退。首长说："同志们，我们要坚决冲出去，和红三十军会合。"第三天，指挥部组织兵力出击，激战一天，红军伤亡了很多人，仍然没有冲出去。这时，红军指挥部直接指挥的战斗部队只有600多人了，其他的全是机关干部、首长，还有勤杂人员，他们只有手枪，有的还没有枪。这天晚上，部队连夜进行整顿，调整了战斗组织，准备继续和敌人战斗。

第四天的战斗打得非常激烈，红军伤亡很大，战斗部队只剩下200来人了，形势非常危急。晚上，由徐向前总

指挥主持，再次调整组织，将驻在寨子里的所有红军，不分机关干部、战斗部队、勤杂人员，统一编成战斗队，第一队400人，第二队300人，分别进行战斗准备，明确战斗任务，研究具体打法。第五天，敌人继续攻打寨子，红军一面坚守寨墙，一面烙干粮，准备吃的。下午4点多，徐向前集合队伍进行战斗动员说："同志们，我们经过了万里长征，爬雪山，过草地，那样艰苦都过来了，现在不能叫敌人把我们整死。今天晚上是我们惩罚敌人的时候了，我们每个人都要勇敢战斗，坚决消灭敌人，为苏维埃战斗到底！"首长面对危急的形势，讲话仍然从容不迫，显得很沉着，也坚定了大家冲出去的信心。在各队讨论战斗方法时，大家纷纷表示一定要勇敢战斗，冲不出去不回来见首长。

天黑后，第一队12名战士从寨墙上溜下去，很快占领了预定的阵地。紧接着，全队同志打开寨门冲了出来为后面的同志们、首长们打好掩护。这时，敌人发现我军计划，开始向我们射击，我们集中火力，射向敌人。第二队的同志们也冲出来了，最后出来的同志还在寨墙上设置了几个草人，又放了几堆火。敌人不知道我们有多少人，也不知道寨子里还有没有红军，只是围着寨子乱放枪。最终，部队成功地突围，所有人向着倪家营子飞快地前进。

张掖红故事

# 石窝山上刀光剑影

1937年3月13日,红西路军抵达了离康隆寺40里的石窝一带。红西路军几乎使尽了全力,刚到石窝,敌人的四个骑兵旅就追上来了。敌人这次来势很猛,一个旅的敌人骑黄马,一个旅的敌人骑红马,一个旅的敌人骑青马,一个旅的敌人骑杂色马,骑兵在前,步兵在后,分几路向红西路军阵地前沿扑来。透过灰沉沉的雾霭看过去,只觉得漫山遍野全是敌人。

当时,敌人在后面紧追不放,红军一边打仗,一边构筑工事,利用每一座石壁、每一道石坎作掩护,抵抗敌人。走了一夜路,连水也没有喝一口,就接着打仗,迅速抢占了有利地形,阻击敌人。

进攻红西路军的敌骑兵,骑的全是青马,拼命向红西路军正面冲击。敌人嚎叫着用鞭子猛烈地抽打着马匹往前冲。这时候,红西路军不仅子弹少得可怜,而且连土造的手榴弹

张掖红故事

也很少了，真正起作用的武器只有钢叉、梭标和大刀。但是，红西路军得天独厚的条件是山上到处是石头，红西路军就用石头向敌人砸，这对敌人的杀伤很大。有的把敌人手中的大刀和枪夺过来，又与敌人拼杀。所以，敌人骑马冲向红西路军的时候，红军就等敌人冲到面前，与敌人短兵相接，用梭标戳，用钢叉刺，用大刀砍，与敌人厮杀在一块。就这样，凭着勇敢和拼命精神，一连打退了敌人的多次冲锋。

红西路军利用山梁、巨石作掩护，边打边向后面的石窝山头上撤退。这时，三十军268团的同志们守住一个山

**张掖红故事**

垭口，阻止敌人，才脱了险。团长熊发庆在撤退前，就负了伤，团部通信员想把他送到后方去，但他说什么也不肯走。他说："现在哪有什么后方？到处都是前线，都是战场。"这一仗，打得相当激烈残酷，山坡上一片片的躺着红西路军的烈士，很多同志是在顽强拼杀中光荣牺牲的。

有的干部战士几次负伤，有的腿被打断，有的手臂被砍掉，有的肚子被子弹打穿，有的头上被刀劈开了大口子，有的被削掉了脸皮。但大家都宁死不屈，与敌人拼到底。265团在左边山梁上打得最激烈，最后只有少数几个人爬上了岩峰，大多数同志都壮烈牺牲了。红西路军263团3营与敌人拼杀后也只剩下17个同志了！

经过九死一生活下来的战士，全都穿着凝结着血污的薄衣单衫。大家怀抱大刀、钢叉、梭标和枪支，背靠着背，在寒风呼啸的雪山上休息。而山下却云集着大批敌人，一队队敌骑兵在山下逡巡着、警戒着。

石窝山上，西路军总部首长和军、师的领导同志迅速开会，研究决策。黄昏时分，上级传来命令，要求把所有带不走的武器全部砸掉，一杆枪、一把刀也不留给敌人，向祁连深处行进。

## 黄英祥血洒青山顶

距牛毛山八里路是康隆寺。里面有几百名僧人，可以买到粮食。但是为了摆脱敌人，红西路军连夜行军，来到了一座青石山下，裕固人叫它石窝山。

天亮了不大一会儿，敌人就追上来了。这时，红三十军剩下的1000多人，沿着一条山洪冲刷而成的小干沟，且战且走，向山顶攀登。敌人在背后猛烈地射击，政治部的两位部长牺牲在干沟旁边。总部和红九军的一些同志还在山谷里，正要上山，敌人的各路骑兵，已经漫山遍野而来。红西路军就地拦击，掩护总部上山。敌人一看红军主力在这座山上，就疯狂冲来。这时，268团已受命去抢占背后的一座山包，以保障全军的退路，所以兵力更加单薄。265团还有两百来人，团长邹丰明已经负伤，即由政委黄英祥带领，设阵抵挡。

黄英祥才22岁，作风文雅，从不狂言乱语，不熟悉的

## 张掖红故事

人,还以为他是个学生,其实也是贫苦人家出身,但是他英勇善战,曾经率领部队数次钻入敌人核心,进行过胜利的奇袭。黄英样指挥这二百来人,卧在一些散乱的岩石背后。敌人的青马队首先向他们冲来,炮弹炸起的石块像雨点般落下,子弹打得岩石迸着火。黄英祥举起二十响驳壳枪,向侧面山谷里一指,喊道:"同志们,总部的同志、女同志还没有上山,我们要坚决地打,顶住敌人,掩护他们上山!共产党员、共青团员、革命战士宁死也不能后退一步!"

战士们都听到了他这坚定的声音,都沉着地瞄准,没有十分

张掖红故事

把握不开枪，因此连续打退了敌人几次冲锋。灰马队一看正面攻不动，便转向山谷，追逐那些掉在后面的女同志和伤员，许多同志便牺牲在敌人的马刀之下。

敌人的黄马队开始了规模更大的冲锋。黄英祥同志立即提出了"打退黄马队的进攻，为郑部长报仇"的口号，黄马队被纷纷打倒，许多敌人连人带马滚下山去。但敌军依仗人多，打退一层又上来一层，终于冲到了近前。265团的战士们打了一排手榴弹，跳起来迎了上去。敌人在马上，红西路军在马下，马刀对鬼头刀，在临近山顶的斜坡上拼杀在一起，呐喊声、马嘶声、刀枪撞击声，震天动地，硝烟和尘土使当空的太阳都变得昏暗无光了。

就在红西路军跃起反击的一瞬间，一颗子弹打在黄英祥的头上，鲜血从额角上流下来，他倒下去了。敌人的五匹黄马利用这个机会，冲上了山顶。就在敌人向前飞跑的时候，忽然黄英祥从地下站起来，倚着石头，向敌人开了火，他一枪一个，连着打落了三个敌人。其余两个敌人发觉背后有人射击，勒转马头，寻找目标。黄英祥又用最后的力气，将枪里的半梭子弹向他们发射出去，两个敌人又应声落马，这时，黄英祥政委才安详地闭上了眼睛。

张掖红故事

## 吹尽狂沙始到金

梨园口激战之后,红九军突围出的十几个人在军长王树声带领下,拖着疲乏不堪的步履,往祁连山深处爬行。累了,闭上眼歇会儿;渴了,抓把雪吮;饿了,拔草根嚼。为了防止发生意外,他们几乎一天换一个地方。在厚雪地行走,雪上有脚印,就轮流在后边用树枝扫掉。

天寒地冻,红西路军衣衫单薄,饥肠辘辘,没有几天,一个个被冻得脸发紫,手变僵,说话哆嗦。看到这种情况,王军长赶紧找了个隐蔽避风的地方生火取暖,抵御寒冻。晚上睡觉,就在雪少的大树下或沟坎里,互相背靠背、肩挨肩打盹。白天,除了注意敌情外,找些野菜、野草充饥。

由于长期缺乏营养,同志们一个个瘦得皮包骨头,虚弱得厉害,连举腿迈步的力气都没有了。身体是革命的本钱啊!王军长独自坐在一块石头上,双眉紧蹙,陷入沉思。突然,他站起来,两眼发亮地向大伙一招手,说:"有办法

## 张掖红故事

了!"原来,白天红西路军正在爬山时,远远看见有人在山下小河沟里打捞什么东西,河边附近还搭有几个简便的草棚子。起先红西路军以为是打鱼的,经王军长用望远镜观察,才知道是些淘金的游民。因为怕暴露目标,以防万一,才没有惊动他们。现在,在这节骨眼上,王军长决定晚上冒险下山去,向这些游民商讨买粮。

大家听后,心里不免顾虑重重,担心游民会走漏消息,甚至给敌人报信。王军长看出了其他战士的心思,开导说:"要相信红军在群众中的影响和威信,只要我们做好耐心细

## 张掖红故事

致的宣传解释工作，使群众明白道理，群众会拥护我们的。"

晚上，王军长一行悄悄摸下山找到了游民。他们只有十几个人，看见红军一个个荷枪实弹，吓得浑身发抖，以为碰上了兵匪强盗，其中一个老者边跪下磕头、边战战兢兢地说："我们都是穷苦汉子，没什么值钱的，求老总开恩，放过我们吧！"王军长笑了笑说："老乡，别害怕，我们红军不叫老总，也不是坏人。"

老者似乎没有听清王军长说什么，依然言辞恳切地说："老总，我们四海为家，天当屋，地作床，实在是一无所有呀！求求老总大发慈悲，饶了我们吧！"王军长赶忙扶起老人，把老人拉到身边，亲切和蔼地说："老乡，我们是红军，是专替穷人闹翻身、谋幸福的。按你们说的，是'替天行道'的绿林汉子。红军和专门杀人放火的敌人不一样，红军对穷人不偷不抢，不打不杀。"说到这，王军长举起手中的驳壳枪："这个东西是专打日本鬼子、专打国民党反动派的！来，拿着这家伙，我再和你谈谈心！"说着，他把枪往老人怀里一放，哈哈笑了起来。

老人被王军长的话语和诚恳举动所感染，疑惧逐渐消除，慢慢恢复了常态，脸上很快绽开了笑容。随后，王军长

## 张掖红故事

便向老人说明了红西路军的处境及意图。老人听后，略微想了一下，立即回头对其余同伴挥了挥手，同伴们一个个会意地钻进了草棚，不一会，只见每人拿出些米和面，捧到王军长面前。就这样，红西路军用银圆向他们购买了口粮。离去时，老人还叮嘱王军长："吃完了再来拿。"最后还关照说，这阵子敌人搜山搜得厉害，要注意躲藏好。

口粮解决了，在回山的路上，战士们一个个十分高兴，简直忘记了饥饿与疲劳。王军长也特别高兴，边走边对战士们说："同志们，干革命就要像这些淘金者一样，有一股吃尽艰辛、百折不回的精神，这样，才能永远立于不败之地，成为胜利者！"接着，他面对着白雪映照的冥冥苍穹，吟诵道："千淘万漉虽辛苦，吹尽狂沙始到金。"

张掖红故事

## 延续七十多年的血脉亲情

1937年1月初，红九军进驻临泽县沙河镇的何家庄花园村一带。驻在花园村张家庄子的红军中有一位20多岁的年轻女军官，她就是西路军政治部敌军工作部部长曾日三的爱人、妇女抗日先锋团的吴仲廉同志，在驻防临泽期间生下一男婴。孩子降生时正值寒冬腊月，生活异常困难，再加战斗频繁，携带婴儿行军作战极不方便，也经受不起风寒侵袭，这情况难住了吴仲廉。吴仲廉同花园村苏维埃委员张永录商量，能否找个合适的人家将孩子托付。张永录想来想去，想到了王学文。

王学文是花园村人，29岁，家庭经济较为宽裕，为人忠厚，心地善良，稍有文化，处事通情达理，最重要的是他是国民党民团大队长，在当地有点权威，孩子寄养在他家好庇护，不受危害。张永录将这些情况告诉吴仲廉，吴仲廉同意将孩子寄养王学文家，王家也同意收养。一天深夜，吴仲廉

和张永录把孩子送到了王学文家，吴仲廉依依不舍地和自己的骨肉分别了。后来，红九军随总部经张掖西洞堡、龙首堡、倪家营、三道柳沟、梨园口战斗，至祁连山石窝分兵。在祁连山开展游击战斗中，曾日三壮烈牺牲，吴仲廉不幸被俘。吴仲廉被关押在甘州韩起功旅的监狱里。不久，吴仲廉等人要被押解到青海，吴仲廉借故在敌人的监护下，到王学文家和孩子见了一面，从此母子天各一方。

　　这个红军娃被王家收养后备受关爱，为了纪念他的父亲曾日三，按王家"继"字辈的排行，王学文给他取名王继曾。王家对这红军娃跟自己亲儿子一样，日常衣食一应照常。王学文的亲生儿子在一岁多时不幸夭折，王学文就对外人说王继曾就是他的亲儿子。孩子渐大后，农忙时帮大人放牧牛羊，做点零星活。孩子在王家的抚养下渐渐长大，外界也都知道他是红军的后代。1937年10月，经党组织多方营救，吴仲廉回到了延安。一年后，经毛泽东主席同意，曾多年在毛主席身边工作的红军将领江华和吴仲廉结为伉俪。因江华原名姓虞，他们生育的子女都为虞姓。

　　1939年，王学文老人因收养红军娃王继曾，被国民党抓到兰州，蹲了8年的监狱，解放前夕才被地下党组织营救回

## 张掖红故事

临泽。这期间，因王学文蹲监狱导致家庭异常困难，但他的家人却千方百计保护养育王继曾长大。

1950年春，王继曾已经13岁。兰州的部队受吴仲廉重托，派解放军战士来王家接孩子。王学文十分不舍，但王学文想到解放军舍生忘死，不怕牺牲，为解放全中国劳苦大众做出巨大贡献，自己为红军抚养后代是应该的。他便说服家人，让解放军接走了王继曾。驻高台、临泽一线的解放军某部给王学文家赠送大红缎软匾一块，上写："学文同志，你为革命抚养后代，人们永远记在心中。"接孩

子的解放军给了王学文人民币600元作为抚养费以示慰问和酬谢。吴仲廉把红军娃王继曾接回后，另给改名叫吴长征。

  由于为红军抚养后代有功，不久，王学文被政府提拔为国家干部，任临泽县第三区今沙河镇区长。几年后，他退出区长岗位，回家务农。1974年王学文因病逝世，吴长征也于1976年冬因车祸去世。

  故事离我们越来越远，但我们坚信，革命战争年代产生的这份军民生死相依的鱼水深情会永远传播下去。

张掖红故事

## 高氏父子救红军

　　1937年3月13日晚，红西路军失利后，红三十军军部四科参谋长张芳明，88师政委郑维山、副师长熊得臣、军医主任梁昌汉，89师师长邵烈坤、政治部主任裴寿月等同志沿祁连山踏着齐腰深的积雪艰难地东返，来到民乐山区一户放牧的农民家帐篷里。主人煮了两锅小米饭，宰了一只羊，热情款待红军战士，并安排他们在附近的山洞里避风过夜。为甩掉敌人追击，躲开敌人搜捕，红军决定两人一组分散行动。

　　3月20日左右的一个夜晚，梁昌汉、张芳明乔装东返，途经高寨子村时，被民团团丁发现，就急忙躲进一农民家里。主人高廷俭看家里来了两个陌生人，穿戴破烂，面露饥寒之色，说话是外地口音，估摸是共产党，便让他们上炕坐下。这时，突然闯进三个团丁，高廷俭忙上前说："三位公差到我家有什么事？"团丁横眉竖眼地厉声问道："这两个

张掖红故事

是你什么人？"高廷俭急中生智说："是我的亲戚，煤窑挖煤的。"因红军穿着挖煤的脏衣服，戴着毡帽，外表看不出有什么破绽。三个团丁出去后，高廷俭想，如果团丁再回来的话，可能要惹下大祸，于是他便急忙把两个红军藏到套间里盛粮食的芨芨囤子里，上面用毛毡盖上。果然不出所料，不大一会儿，团丁又来了，他们问："你的亲戚呢？"高廷俭不慌不忙地回答："走了，上窑去了。"团丁走后，高廷俭便叫儿子出去查看动静，看团丁确实走了，才让红军从粮囤里出来，忙着给他们烧水做饭，热情款待，饭后让两位红军

155

## 张掖红故事

睡在热炕上，他和儿子到街上放哨。留宿4日后，临行之前，又为他们备足干粮、炒面，并指明了东返的路线。

1979年9月26日，时任青海省人大常委会副主任的梁昌汉老前辈来民乐，走访了当年隐蔽的地方，找到了高廷俭的儿子高荣，相互寒暄之后饱含深情地说："我就是那年在你家囤子里藏了的红军之一。当时离开你家历尽艰辛，终于回到了延安，另一名同志叫张芳明，现任河北省军区顾问，都担任了领导工作，真是从内心里感谢你们的救命之恩。"

正是靠这样的老乡，靠这样的人民群众，红西路军战士才能如鱼得水，如虎添翼，为革命事业奋斗终身。

## 一生守护终不悔

　　1937年1月28日，红西路军重返临泽倪家营，布防于四周43个屯庄。30日，红三十军88师263团3营教导员周纯麟率领9连130多名战士进驻汪家城，阻击敌人的进攻。为便于观察敌情和火力攻击，他们拆除了墩外的几间小屋，并将汪世金全家人安排到村里的另一户大院内，同红军吃住在一起。没过几天，敌人就追了过来，顿时红军与敌人在倪家营地界上展开了激烈的战斗，汪家墩成了敌争我守的外围焦点。此时，汪世金的父亲被选为村苏维埃委员，负责为红军筹集粮草，送饭送水，时年16岁的汪世金也随父亲开始了支军工作。为了能将给养送入墩内并做好撤离准备，红军在墩内西侧外墩处挖了一条通往外面的地道，每日汪世金就配合红军战士从此处将饭、水送入墩内，及时补充将士们的体力。

　　战斗打得异常激烈，敌人步步紧逼，前后夹击，企图掐

## 张掖红故事

断红西路军与外援的联系，红西路军战士们与敌人殊死搏斗，并在墩子内挖出一条地道，最终突出重围，安全返回团部驻地。待敌人进入汪家墩，墩中已空无一人。

汪家墩的那场战斗结束后，汪世金全家人回墩子一看，树没有了，小屋没有了，墩子也被枪炮打得千疮百孔，墙体布满了弹孔，墩子已无法住人。此时，汪世金做的第一件事就是带着全家人跪在破败不堪的汪家墩前烧纸祭奠红军，这一"家传"一直在汪家人中传到今日，每逢清明、农历的七月十五、十月初一和腊月三十晚上，全家人跪在

这里是干粮和水，父亲让我送来的，您快收下吧。

太谢谢你们了。

汪家墩前，点燃烧纸，祭奠英魂。

汪家墩因那场战争，变得千疮百孔，汪世金也慢慢变老了，他们一家虽不在那里住了，可村里的人经常看见他一个人围着墩子默默地转着，拔拔四周的荒草，修修被雨水冲垮的墙体。有人建议把墩子拆了，腾出几分地种庄稼，增加家庭收入，可汪世金舍不得，有人对他的这种做法不理解时，汪世金总会说："唉！感情这东西看不见，摸不着。"只有老人自己知道那场战事在他内心留下了多么深刻的记忆。

后来，汪世金被聘为"业余文物保护员"，老人始终尽职尽责地履行着职责，每天把汪家墩打扫得干干净净，随时接待来人参观，并义务为各界人士讲述那段难忘的历史。

1999年12月6日，汪世金走完了他的一生。老人虽已逝去，但作为一名普普通通的农民，对红军，对西路军那份情义伴随了他的一生，他那巨大的无私奉献精神也值得后人去铭记和崇敬。

张掖红故事

## 一封"电报"

红西路军东进取得西洞堡胜利后，红西路军军政委员会召开扩大会议，商讨后续作战事宜。

最终决定，全军回师西进，红九军为前卫，总直属队随后跟进，红三十军在后卫掩护，并钳制敌人。前卫军和总直属队出发后的第二天拂晓前，忽然接到了一份电报："程军长、李政委：总直已抵甘浚堡一带，请速率部西进。总指挥徐向前、政治委员陈昌浩。"

先念政委、天焕主任看到电报。都觉得很奇怪，为什么在行动以前，任务和行进的序列、时间都已确定好了，现在既无变动，打电报做什么？然而，这是用密码拍来的，也不容轻易置疑。电报先后传到李先念政委、李天焕主任和程世才军长手里，循环了一圈。最终，程世才军长迟疑地说："通常总部来电，直呼名姓，从来不加职衔，这次为什么例外了呢？"

## 张掖红故事

　　李政委把电报接过去，端详了半晌，指着下款说："这里也不对头！我们打电报不都是以代字表明日期吗？这儿却是直写的。电文的语气，也与以往的不一样！"天焕同志两眼注视着电报摇了摇头说："必须查明情况！"于是马上派一队骑兵出发去侦察，结果发现了敌人在半路上设下的埋伏。

　　半夜里，接连有好几个总直属队被打散的人员跑回红三十军驻地，根据他们的报告：前卫军和总直属队头天出发到龙首堡宿营，敌人赶来围攻了一天，突围出来又中了埋伏，队形被打乱了三次，伤亡很大，损失了电台

### 张掖红故事

一部。由此可以断定电报是敌人的阴谋。因此，当夜按兵不动，第二天出发，第三天就到达倪家营子，与红九军和总直属队会合了。到总部一了解，那份电报果然是假的。幸亏及早发现了敌人的阴谋诡计，避免了红军更大的损失。

## 红军舀粥灭烈火

驻扎在临泽的红三十军268团战士们打退了敌人的一次次进攻，可从倪家营带来的粮食眼看就要吃光了。团供给处处长吴荣庆去找房东赵光裕想与他商议购买些粮食。谈话中房东说："最近这一段你们红军住在我们临泽，我听人说红军不打人，不骂人，更不欺负老百姓。今天见了，真的是这个样子。你们已经到我们这里了嘛，我们尽量帮助支持！有啥要求尽管说。"

吴荣庆解释道："红军是严格执行政策的，只没收土豪和恶霸的粮食财物，绝不白拿老百姓的东西，也不会把您这样的宽裕人家作为斗争的对象。前两天我们征收了张世选他们两家土豪的粮食，因为他们的东西是靠剥削压迫穷人取得的，红军就是贫穷的老百姓组织起来的军队，就是为穷人谋利益的，绝对不会自己害自己，请放心。"

房东说："不知道你们南方人能不能吃得习惯？要是不

## 张掖红故事

嫌，我的仓里至少还有八九石。要是吃不惯，喂马还是能行的。"吴荣庆笑着说："我们到河西来已经有三四个月了，小米、高粱、麦面都吃习惯了。这些银圆是粮钱，你先拿着，等我们走的时候，其他损失再算账。"主人接过银圆数完后发现多出来了。吴处长忙将他捏着一个银圆伸过来的手推回去说："再不细算了，就这，您对我们的帮助已经很大了，再不必客气了。"

防反击的战斗又持续了两天。这天下午，太阳西落时，吴荣庆让炊事班长将剩下的一百多斤小米都下到锅里去。不到半小时，院子里的十口大铁锅都冒出了甘甜扑鼻的米香味。西北边徐徐吹起了阵阵清风，在战壕里趴卧着的战士们都闻到了久违的粥香。三营教导员李松林说："等打退了敌人的这次进攻，小米粥就熬好了。"

听到了冲锋的喊杀声和枪声，在锅边的炊事班长念叨："又得等半个时辰才能吃饭。"在旁边的吴荣庆安排："火不要灭，余下的炭火能热一个小时。"过了七八分钟，炮声和枪声开始稀疏了，吴荣庆感到敌人可能冲到了战壕前，马上要开始肉搏了。这时一发炮弹飞进房东院中，落在了磨坊边的柴草棚顶上，干燥的芨芨草和谷草捆在炮弹爆炸后，一下

张掖红故事

子烧了起来，不到一分钟柴草棚已成了火海。

吴荣庆赶忙喊道："快拿水桶和盆子舀水灭火。"同时，他提起一只木桶两步跨到了水缸边。"糟糕！"原来缸里的水已添到锅中熬成了清米汤。从前天开始，井中的水位已下降了许多，水深只有一尺左右，他急派几个战士专门打水添缸。这时，跟他提着木桶和端着瓦盆的十几个炊事员和后勤战士望着空缸傻了眼："怎么办？"

吴荣庆转头看见还在沸腾的清米汤，便转身边跑边喊："舀米汤。"吴荣庆正要泼时，突然火势变大，向他烧过来。而他却丝

> 快！继续泼米汤，再把梯子拿来。

## 张掖红故事

毫没有退却，用力将桶中米汤朝前上方泼出，火势一下就被控制住了。吴荣庆又急喊："继续泼米汤，再把梯子拿来。"他正回过头寻找梯子时，只见主人已扛着梯子走到了院中。他赶忙过去接住上面的一头，连拉带抬走到磨坊门边，将梯子搭上房檐，迅速爬到了与厢房相连的磨坊顶右前角。他一回头，看到炊事班长也跟着他爬到了梯子上方。他高喊着说："端盆的在下面泼，提桶的往上递。"炊事班长接到一桶便立即上递，吴荣庆接过后马上泼向磨坊左边的房檐芨芨草编织的房顶上，火舌立即冒出一团白色烟雾。连续十几桶后，终于浇灭了这场大火。

吴荣庆这才稍松了一口气，赶紧命令红军战士们端来沙土掩盖零星火苗，火被彻底扑灭了，吴处长脸上这才露出了欣慰的笑容。房东过来噙着泪水说："多亏了你们呀！不然今天这一院房子就完了。"吴处长说："是我们给你添了麻烦，少喝点米汤不算什么，救火要紧。"这时，枪声停了，喊杀声也听不到了，敌人的进攻又被打退了。从前沿阵地回来的战士喊着说："吴处长，这一仗的胜利要归功于你的这小米汤啊！大伙闻到米汤香味后反击的劲头可大了，要是再喝上两大碗……"兴高采烈来到锅边的岳家才营长看到所有

大锅里的小米粥只剩下少半了。他低头看见锅边有泼撒在地上的小米粒，再用鼻子一吸空气中的焦火味，又扭头朝磨坊边望去，便明白了一切。这时，吴处长对炊事班长说："给参加战斗的每个人半碗，后勤人员就饿一顿吧。"主人又接着说："家里还有两口袋没有脱皮的谷子，前两天没好意思卖给你们。现在就赶紧去碾，用不了多久就好了。"

# 后　记

《张掖红故事》是根据中共中央《关于进一步加强和改进新形势下党史工作的意见》（中发〔2010〕10号）文件中关于党史工作的具体要求，由中共张掖市委党史研究室和张掖红西路军精神研究会主持编写。全书约8万字，共收录发生在张掖境内的红色故事48篇。内容由红西路军战士顽强不屈、英勇斗敌以及当地群众积极营救和帮助红西路军脱离险境的故事组成，按时间顺序编排。全部故事素材均来自张掖党史资料文集，其中凝结着历届党史工作者及广大党史爱好者的心血和智慧，在此表示诚挚的感谢。

该书由安秀梅同志主持编辑，魏薇同志具体负责组稿、校对，甘肃西游文化传媒有限责任公司承担了全书故事的插图设计工作。为严把政治观和史实关，市委党史研究室和张掖红西路军精神研究会组织人员多次对全书图稿进行统稿、审读，避免观点上的偏差和史实上的失误。同时，注重稿件

的知识性、趣味性和可读性，故事编写和人物描述都尽量口语化，通俗化，并配有生动活泼的插图，以便广大群众尤其是青少年阅读和理解。讲好张掖红色故事，不仅有利于推进新时代爱国主义教育，弘扬先烈们崇高的爱国主义精神，坚定理想信念，也为实现中华民族伟大复兴的中国梦和建设幸福美好金张掖发挥积极作用。

搜集、整理、编撰红色故事是一项数量大、范围广、耗时长的繁复工作，加之我们水平有限，本书还存在许多不足，敬请广大读者批评指正。

编 者

2021 年 12 月